Gabi Haug

Lidwina, die Scharfrichterin

> Eine Kurzgeschichte <

Bibliografische Information der Deutschen Nationalbibliothek:
Die Deutsche Nationalbibliothek verzeichnet diese Publikation in der Deutschen Nationalbibliografie; detaillierte bibliografische Daten sind im Internet über http://dnb.dnb.de abrufbar.

Illustration: Gabi Haug
Umschlaggestaltung: Gabi Haug
Layout: Gabi Haug

Hinweis: Die Personen und Namen in dieser Geschichte sind frei erfunden und entstammen meiner Fantasie. Ähnlichkeiten mit Orten oder heute noch lebenden und realen Personen sind rein zufällig und nicht beabsichtigt.

Herstellung und Verlag: BoD – Books on Demand, Norderstedt

ISBN: 978-3-7528-6744-2

Mein großer Dank geht an …

meine liebe Heike-Renate,
für die geopferte Freizeit als Korrekturleserin.

Ebenso geht ein solcher Dank
an meine liebe Lektorin,
für die wertvolle Unterstützung.

Prolog

Lidwina Haberers Lebensweg war ihr schon von Geburt vorgezeichnet. Ihre Mutter Silewa war die Tochter eines Bettelmanns gewesen und diese hatte den Scharfrichter Gilbert Haberer der kleinen Grafschaft Lumbach zum Gatten genommen, nachdem dieser sie in einem sehr kalten Winter vor dem Erfrierungstod gerettet hatte. So war die kleine Lidwina als Tochter eines Henkers geboren worden, und wurde – wie auch ihre Eltern – wegen des Makels des väterlich *unehrlichen* Berufes, von der Dorfgemeinschaft als Ausgestoßene behandelt. Das Volk war abergläubisch und hatte Angst vor Befleckung. Daher wollte auch niemand etwas mit dem Scharfrichter Gilbert und seiner Familie zu tun haben, obwohl Gilbert nur die Urteile als Vollstrecker des Richtherrn vollzog. Allerdings gestaltete sich diese soziale Ausgrenzung in ihrer Region nicht ganz so schlimm, wie in anderen Orten Deutschlands. Denn in manchen Gegenden führte schon die Berührung – selbst unabsichtlich – eines Scharfrichters bei ehrlichen Leuten zur sogenannten Befleckung und so galt der Berührende lebenslang als unehrlich.

Interessant war für die Bürger aller Orten natürlich, wenn ein Scharfrichter so wie Gilbert sein Handwerk ausübte. Dabei sah das Volk selbstverständlich gerne zu, denn so eine Hinrichtung mit dem Strang, dem Schwert, dem Rad, mit Feuer oder durch Wasser, versprach Abwechslung im eintönigen Dasein der Bewohner, so auch derer von Lumbach. Darüber hinaus machte ihr Vater Gilbert seine Arbeit gut, denn er selbst gehörte einer sogenannten Schelmensippe an.

Ihr Vater hatte den unkündbaren Beruf des Henkers von seinem Vater vererbt bekommen. Lidwina wusste jedoch, dass der Großvater das Amt als Sträfling aufgezwungen bekommen hatte. Er war aus irgendeinem Grund mit zwanzig Jahren eingekerkert worden, war nach kurzer Haft dann vor die Wahl gestellt worden, entweder das Amt des Henkers zu besetzen oder im Kerker zu verschmachten, bis er dort sein Ende fand.

Dies Vorgehen der Obrigkeit war oft eine Methode, um an einen Scharfrichter zu kommen. Auf diese Weise waren im mittelalterlichen Mitteleuropa im Laufe der Zeit ganze Dynastien von Scharfrichter entstanden.

Der Vater von Gilbert hatte sich zu seiner Amtszeit noch Freymeister genannt und die Tochter eines Abdeckers geehelicht.

Lidwina hatte jedoch auch schon kurz nach dem fünften Geburtstag ihre Mutter verloren, so standen der Vater und sie nach dem schweren Verlust ohne weitere Verwandte da. Denn die Großeltern waren alle schon vor Lidwinas Geburt verstorben.

Durch das alleinige Großziehen der Tochter, hatte sich für Gilbert eine ganz besondere Situation ergeben. Durch die gesellschaftliche Ächtung fand sich auch niemand im Umland, der sich um die kleine Lidwina kümmern wollte. So musste der fürsorgliche Vater Lidwina zu seiner Arbeit mitnehmen und sie lernte daher auch schon früh sein blutiges Handwerk kennen.

Als Kind war die kleine Lidwina immer sehr einsam gewesen. Sie wohnten nicht im Ort wie die anderen Lumbacher, sondern abseits am Rande des Dorfes der Grafschaft, in der Nähe des Waldes. Dort war der Schelmenfamilie ein Haus zur Verfügung gestellt worden, das von der Familie Haberer schon seit zwei Generationen bewohnt wurde.

Es ist einsam dort, und wenn in den Nächten die Nebelschwaden über die Büsche woben, hallte der gezogene Huuhu-huhuhuhuu Ruf des Jagenden Käuzchens, geisterhaft über die Landschaft.

Mit den Dorfkindern durfte Lidwina nicht spielen, da diese und deren Eltern sie einfach nicht in ihrer Nähe haben wollten. So waren die Freunde ihrer Kinderjahre und Jugendzeit, ein Rabe, der als Junges aus dem Nest gefallen war und anderes Kleingetier gewesen.

Als Lidwina ihren Vater einmal fragte, warum denn keiner etwas mit ihnen zu tun haben wollte, antwortete dieser, wir gelten als *unehrlich*. Darum dürften sie auch in der Kirche nur eine Bank ganz hinten nutzen und ihnen sei das Recht verweigert, eigenen Grund zu erwerben.

Doch als Kind verstand sie dieses *unehrlich* und die Ausgrenzung aus der Gemeinschaft nicht, denn Lidwina pflegte nicht zu lügen. Sie war darüber traurig und verzweifelt gewesen, doch je älter sie wurde, umso mehr amüsierte es sie, wenn die *ach so braven* Bürger ihr auswichen, denn schließlich war schon das *Nebeneinanderherlaufen* neben einem Scharfrichter oder auch dessen Tochter, etwas *Unehrenhaftes*. Also betrachtete sie es so, dass sie und ihr Vater eben etwas Besonderes waren. Um dieses auch für jeden sichtbar zu machen, war ihr Vater auffällig gewandet. Er trug ein Weinrotes Wams mit Messingknöpfen und an den Armen ockerfarbene Bänder und eine ockerfarbene Kappe auf dem Haupt, wenn er ins Dorf oder zum Richtplatz ging. So tat sie es ihm gleich, trug zum Rock eine weinrote Bluse und band sich ebenfalls ockerfarbene Bänder an die Arme und setzte eine ockerfarbene Kappe oder ein ockerfarbenes Kopftuch auf. Es sollte ruhig jeder sehen, wer da kam!

Ein Vorteil hatte es allerdings an Markttagen einer Scharfrichterfamilie anzugehören, denn da durften sie von den Ständen so viel nehmen, wie sie in beiden Händen halten konnten. Die Verkäufer waren davon allerdings nicht gerade begeistert, wenn *Unehrliche* ihre Waren berührten, denn danach wollte niemand mehr etwas von ihrem Marktstand kaufen. So hatte man sich zum Gebrauch einer zu Händen geschnitzten Holzkelle geeinigt, um dem Problem aus dem

Wege zu gehen.

Erst Jahre später hatte Lidwina dann aber wirklich begriffen, was das Amt des Vaters für Nachteile für sie mitbrachte. Unehrliche Leute, waren Menschen die durch bestimmte Handwerke mit Schmutz, Strafe und Tod zu tun hatten. Dazu gehörten Totengräber, Abdecker, sogar der Nachtwächter und die Fahrenden. Diese sogenannte Unehrlichkeit war somit nicht mit Unredlichkeit gleichzusetzen.

Lidwina wusste mittlerweile auch zu gut von der heuchlerischen Haltung ihnen gegenüber, denn genau die *ehrenwerten* Bürger, die sie als *unehrlich* im höchsten Masse betitelten und mieden, die schlichen des Nachts, wenn sie oder ihr Vieh erkrankt waren, aus dem Dorf zu ihrem Haus hin, um sich Medizin bei ihnen zu holen oder den Vater – so wie diese sie später auch aufsuchten, um sich auch einmal einen Arm einrenken oder einen Zahn ziehen zu lassen. Dabei hatten sie dann merkwürdigerweise keine Angst in ihrer Nähe oder der ihres Vaters zu sein. Auch das Anfassen lassen vom Scharfrichter war dann plötzlich keine Schande mehr. Lidwina verachtete oft diese heuchlerische Haltung ihnen gegenüber. Doch auch wenn ihr ein solches Verhalten schweren Verdruss bereitet, half sie, wie auch der Vater, den Menschen lieber, als sie wegen ihrer Sünden ins Jenseits befördern zu müssen. Ihr war darüber hinaus bewusst, dass diese Heildienste dem Vater und ihr als wichtigste Einnahmequelle den Lebensunterhalt sicherten.

Doch es gab noch weitere Einnahmequellen für sie. Schon als Kind kletterte Lidwina Baumstämme meterhoch hinauf, um Honig aus wilden Bienenstöcken zu sammeln. Sie trug bei dieser Arbeit eine robuste grünliche Lederjacke, eine enganliegende Hose aus dickem gelblichem Wollstoff, dazu einen breitrandigen Hut mit einem Schleier aus handgeflochtenem Pferdehaar, um sich vor den Stichen der Bienen zu schützen. Aus den geernteten Wachswaben stellte sie Kerzen her. Der Vater verwendete diese auch zur Herstellung von Arzneien, und braute aus Honig und Wasser Met, bis Lidwina alt genug dazu war, um es selbstständig zu tun. Auch sammelte Lidwina Baumharz, das sehr kostbar war. So trug sie schon früh zum Lebensunterhalt bei.

Lidwinas Vater hatte seine Tochter von klein auf schon im Umgang mit der Heil- und Kräuterkunde unterwiesen. Was ihrem späteren Heilwissen sehr zu Gute kam. So war auch über Generationen das Wissen über die Anatomie des Menschen und die der Heilkunde, von einem Scharfrichter an dessen Kinder weitergegeben worden. Auch das Lesen und Schreiben hatte der Vater ihr beigebracht, denn er war ein gebildeter Mann. Er selbst hatte Lesen und Schreiben wiederum von seinem Vater erlernt.

Gelegentlich war ihr Vater, als sie ihr dreizehntes Lebensjahr erreicht hatte, mit ihr auch auf die Wolfsjagd gegangen, denn andere Wildtiere durfte ein Henker nicht erlegen. Wenn in der Grafschaft aber das Vieh von den Wölfen gerissen wurde, oder wenn es die Herrschaft befahl, dann war es eben immer der Scharfrichter, der die gottlosen Bestien zu beseitigen hatte. Aber auch das eigene Vieh, das auf eigens ihnen überlassenem Weideland graste, da man auch diese Tiere auf der Gemeindeweide nicht haben wollte, durfte er durch die Tötung eines Wolfes schützen.

Wenn Lidwina sich jedoch hätte frei entscheiden und nach ihrem Herzen hätte leben können, dann wäre sie zu gerne Heilerin geworden. Ein Heiler konzentriert sich auf das Erlernen und Anwenden von Heilungstechniken, um anderen das Leben zu erhalten oder zu erleichtern. Doch sie musste den ihr von Gott bestimmten Pfad als Grenzgängerin zur Heilung über das Henken folgen, um durch den Tod Verurteilter, die großen Zusammenhänge des Körpers verstehen zu lernen.

Die Bewohner des Dorfes sahen ihren Kräutergarten als einen verwunschenen Ort an und jene, die sie darum baten, denen erteilte sie Rat in gesundheitsfragen. Man sprach ihr auch magische Kräfte zu, da sie sich mit Heilpflanzen und ihrer Wirkungsweise besonders gut auskannte und dennoch wurde sie von diesen Menschen ihrer Abstammung wegen gleichzeitig verachtet.

Es ist eine harte und intensive Schule, hatte ihr Vater des Öfteren gesagt, *um die eigenen Heilfähigkeiten erkennen und ausbauen zu können. Nur wer sich der Vergänglichkeit des Wesens bewusst ist, der kann wirklich zu einem guten Heiler werden. Mit jedem Körper, an dem wir forschen können, wenn er denn schon sterben musste, sollte unser Gedanke darauf abzielen anderen durch deren Tod helfen zu können. Ein abgetrenntes Glied war zuvor mit dem zentralen Nervensystem verbunden und um deren Verbindung zu verstehen, dazu braucht man einen Körper, muss ihn öffnen können, denn nur so verschafft man sich ein vollständiges Bild. Die Toten dienen so uns Lebenden – und wir können ihnen nur dankbar dafür sein.* Durch diesen Wissensdrang eignete sich ihr Vater erstaunliche Kenntnisse über den menschlichen Körper an. Dieses Wissen ermöglichte ihm die Ursachen von Krankheiten zu erkennen, und er gab diese Kenntnisse, ebenso wie die als Scharfrichter, an Lidwina weiter. Der Vater sagte immer, es sei wichtig zu wissen, was man einem Körper antun kann, bevor dieser stirbt. Der Verdächtige darf auf keinen Fall vor seiner wahrscheinlichen Hinrichtung sterben. Auch muss man seine Wunden, die bei der Folter entstehen, bis zu seiner Hinrichtung versorgen, damit sie wieder einigermaßen verheilen.

Lidwina hatte so viel über die einzelnen Körpersysteme und deren wichtigen Funktionen gelernt. Sie wusste das sich Herz, Gehirn, Leber, Lunge und Magen aus verschiedenen Geweben zusammensetzten. Dass das Herz ein spezieller Muskel aus zwei Hälften bestehend ist, etwa so groß wie eine Faust und für die Durchblutung des Körpers sorgt. Dass das Gehirn umgeben von Hirnhaut, bestehend hauptsächlich aus Nervengewebe, es die Bewegungsabläufe steuert und dass es aus mehreren Arealen besteht. Dass die Leber bestehend aus zwei *Lappen,* dazu dient, giftige Stoffe verschwinden zu lassen, die schlecht für den Körper sind. Dass die Nieren dafür sorgen, dass das Blut gereinigt wird und sie für das Ausscheiden des Urins zuständig sind. Dass die Lunge aus zwei Lungenflügeln besteht und durch Ein- und Ausatmen für den Luftaustausch sorgt. Der rechte Lungenflügel hingegen aus drei, der linke aus zwei Lungen- lappen besteht, wobei die linke Lungenseite kleiner ist als die rechte, da auf der linken Seite im Körper auch das Herz sitzt, das dort Platz beansprucht. Dass der Magen mit der Magensäure für die Verarbeitung von Nahrung zuständig ist und im Zusammenhang mit der Verdauung im Darm wich- tige Inhaltsstoffe zur Versorgung des Körpers liefert. Dass das menschliche Knochengerüst aus über 200 Knochen besteht. Fast alle Knochen durch Gelenke, Knorpel, Bänder oder Muskeln miteinander verbunden sind und die Form jedes einzelnen Knochens sich nach seiner Funktion richtet. All solche Informationen hatte man in ihrer Familie über Jahre notiert und durch Zeichnungen ergänzt, die auch sie geflissentlich ergänzte.

Lehre des blutigen Handwerks

Der Vater hatte ihr mit fünfzehn Jahren erlaubt, ihm als Gehilfe zu dienen und sie darin unterwiesen, wie man eine ordentliche Folterung durchzuführen hatte. Ebenso hatte er sie gelehrt, wie man einen Verdächtigen dazu brachte, dass dieser sprach und nicht unter der Hand des ausführenden Folterers sein Leben aushauchte, bevor er dies getan hatte. Dazu musste sie auch den Umgang mit den verschiedensten Folterwerkzeugen erlernen, die sich im gräflichen Kerker befanden. All dies war nicht leicht zu erlernen und kostete eine große Überwindung. Zumal Lidwina klein und zierlich war.

Der Graf war auch bei so einer Befragung, als sie dem Vater zur Hand ging, zugegen gewesen und warf ihr, nachdem der Mann gestanden hatte, eine goldene Kette mit einem kleinen Anhänger zu Füßen.

»Nimm, Mädchen! Du hast es schwer genug im Leben!«, hatte er gesagt. »Es soll dir Glück bringen, denn ich bin mit dir sehr zufrieden!«

Graf Raimond war auch der erste Mensch aus der Grafschaft, der sie angelächelt hatte. Er war ein sehr friedliebender Mensch. Er sprach meistens sehr milde Urteile aus, verstand oft die Zusammenhänge, wenn Menschen aus reiner Not heraus, gegen das Gesetz verstoßen hatten. Was allerdings zur Folge hatte, dass der Scharfrichter nicht so viel zu tun hatte. Deshalb musste er sein Einkommen hauptsächlich mit anderen Arbeiten verdienen.

Lidwina hatte bemerkt, dass Graf Raimond sich in ihrer und in der Nähe ihres Vaters, nicht so verhielt, wie die Dörfler. Er war nicht sonderlich auf Abstand bedacht, wenn sie sich in der Feste befanden. Auch sprach er mit ihrem Vater und ihr, wenn es auch dabei immer um die Gefangenen, deren Befragung oder deren Bestrafung ging.

Der Graf ließ ihnen oftmals Birnen, Äpfel oder Brot und Fleisch zukommen. Es lag dann immer auf der kleinen

Steinbank vor dem Kerker. Graf Raimond konnte diese von dem Fenster seines Arbeitszimmers aus sehen und rief, wenn sie daran vorbei laufen wollte, ohne das Abgelegte zu nehmen: »Nimm nur mit, was da liegt! Ihr könnt es sicherlich gut brauchen!« Dann winkte er mit der Hand in Richtung Tor und entließ sie mit einem: »Nun, geh schon Mädchen, mach das du nach Hause kommst, bevor es dunkelt!«

Dafür mochte Lidwina den Grafen und sie hoffte, der Mann mit dem guten Herzen würde sehr lange leben.

Die Herren der Henkerzunft waren nicht sonderlich darüber erfreut, denn die Idee ihres Vaters, sie an Sohnesstatt das blutige Handwerk zu lehren, hatte bei diesen einiges an Empörung hervorgerufen. Doch ihr Vater hatte sie nach Absprache mit seinem Dienstherrn zu seinem Gleitsmann[1] und späteren Erbnachrichter berufen und daher seiner Tochter eine umfassende und erstklassige Ausbildung mit auf den Weg gegeben. Allerdings musste Lidwina, die in jungen Jahren schon eine ausgesprochene Schönheit geworden war, sich dafür ab diesem Tag kleiden wie ein Junge. Es störte sie jedoch überhaupt nicht nun nur noch Hosen tragen zu können, hatte sie sich doch bis auf diese Beinkleider schon früh an die Kleidung es Vaters angepasst.

Die schwierigste Aufgabe eines Nachrichters war das Enthaupten, und zwar so, dass sich der Kopf und Rumpf des Verurteilten, mit nur einem meisterhaften Hieb voneinander trennten und man nicht mehrmals zuschlagen musste. Lidwina hatte dies hundertmale an Strohpuppen geübt, dann sogar an den erlegten Wölfen.

Mit siebzehn Jahren und somit ein Jahr später als die meisten männlichen sogenannten *Peinlein* Lehrlinge, legte sie nach absolvierter Ausbildung als eine der ersten Frauen die Gesellenprüfung in der Henkerzunft ab.

Ihr Vater hatte ihr zuvor, aus Angst um sein Kind, auch eingebläut, dass sie nicht versagen durfte. Es konnte sehr wohl passieren, dass das Volk in seinem Aberglauben einen Fehlschlag als böses göttliches Omen sah. So waren Scharfrichterkollegen schon anderen Ortes von der aufgebrachten Bevölkerung gelyncht worden, um die göttliche Ordnung durch deren Tod wiederherzustellen.

Bei dieser ersten selbständigen Hinrichtung, bei der Lidwina einen Mann erhängen musste, hatte sie alles perfekt gemacht und der Graf, als Dienstherr, war sehr zufrieden mit ihrer Arbeit gewesen. So konnte auch die Scharfrichterzunft nicht anders, als ihr das Bestehen der Prüfung zu beglaubigen.

Ein freudiger Tag war dieses Bestehen für Lidwina jedoch nicht. Menschen waren nicht dazu geboren, andere Menschen zu töten. Es kostete sie einiges an Überwindung, auch wenn der Verurteilte seine Frau im Zorn zu Tode geprügelt hatte.

Lidwina hatte sich nach der Hinrichtung tagelang erbrochen und geweint.

Eines wusste sie damals schon genau: Sie konnte nie so abstumpfen, dass es ihr jemals leichtfallen würde einem Menschen das Leben zu nehmen.

Lidwina war in ihrem Amt als Gehilfe ihres Vaters dennoch so erfolgreich gewesen, dass sie mit einundzwanzig Jahren als ausgebildeter Scharfrichter ihren Meisterbrief von der Henkerzunft erhalten hatte, in dem geschrieben stand, sie habe das Meisterstück in Anwesenheit des Ausbilders, des Richtherrn und zahlreicher Augenzeugen des Volkes, mit geschickter Fertigkeit ausgeführt. Mit diesem Meisterbrief hätte sie sich für freie Scharfrichterämter bewerben können, doch sie war in der Grafschaft bei ihrem Vater geblieben.

Ihr Dienstherr war daraufhin sogar noch großzügiger geworden. Sie durften in seinem Wald nicht nur Pilze, Bucheckern, wilde Beeren und darüber hinaus Reisig und Äste für die Feuerstelle sammeln, sondern ein Jahr später auf den zehn Jahren zuvor angelegten Obstwiesen, Streuobst wie Äpfel, Birnen, Kirchen, Quitten, Zwetschgen, Walnüsse und Edelkastanien auflesen.

Dem Grafen waren diese Streuobstwiesen für die Versorgung seiner Bevölkerung wichtig gewesen, nachdem am Ende des 17. Jahrhunderts ganz Europa mehrfach unter schweren Hungersnöten litt. Die Kleine Eiszeit beeinträchtigte schon vom 14. Jahrhundert ab den Anbau von Nahrungsmitteln phasenweise beträchtlich. So sah der Graf in seiner Weisheit diese als unverzichtbar an und hatte einige der Bauern im Wissen um die Pflege der Obstwiesen ausbilden lassen. Die Verarbeitung des dort gewonnenen Obstes gehörte nunmehr zur Pflicht der Bewohner seiner Grafschaft. Auch hatte er erlaubt, dass seine Bauern in seinen Gewässern Forellen angeln durften. Dennoch war gerade nach einem harten Winter oder kalten Sommer, Schmalhans in der Regel der Küchenmeister.

---

[1] Gleitsmann Erklärung siehe Anhang

Die Scharfrichterin von Lumbach

Inzwischen war Lidwina vierundzwanzig Lenze alt.

Ihr Vater war eineinhalb Jahre zuvor dem Fieber erlegen und die junge Frau somit alleine.

Tagelang hatte Lidwina verbissen um das Leben des Vaters gekämpft, doch dann hatte er einfach aufgehört zu atmen. Seither war sie die Scharfrichterin des nun schon alten Grafen.

Sie hatte ihren geliebten Vater eigenhändig mit Hilfe von Benedikt, dem damals siebzehnjährigen Sohn einer schwindsüchtigen Dorfbewohnerin, begraben.

Der Totengräber hatte abgelehnt ihr Beistand zu leisten und der Priester hatte sich ebenfalls geweigert, dem Vater die Sterbesakramente zu erteilen. Der Totengräber stand zwar bei den Dörflern auch nicht gerade in einem guten Ruf, doch als ganz so *unehrlich* galt er bei ihnen nicht. Er durfte im Gegensatz zu ihnen in mitten der Dorfgemeinschaft leben.

Lidwina war sehr einsam gewesen und hätte es Benedikt nicht gegeben, sie wäre nach dem Tod des Vaters völlig verzweifelt. Der Junge hatte ihr zuvor schon ein wenig Licht in ihr tristes und ödes Leben gebracht.

Benedikt war ihr mit den Jahren ein guter Freund geworden, denn auch er litt unter einem Makel. Kurz nach seiner Geburt war seine Mutter an der Fallsucht erkrankt. So glaubten die Dörfler, er trage an dem Zustand Schuld und man mied ihn ebenfalls. Sein Vater ein Jäger des Grafen, war im siebten Jahr von Benedikts Leben auf der Jagd umgekommen und natürlich trug der rothaarige Junge mit den auffällig grünen Augen im Glauben der Dorfgemeinschaft auch daran mit Schuld. Die Dorfkinder hatten zwar im Gegensatz zu Lidwina mit ihm gespielt, aber auch immer wieder furchtbaren Schabernack mit dem armen Jungen getrieben. So hatte Lidwina ihm einmal geholfen, als die Bengel des Dorfes Benedikt am alten Galgenbaum festgebunden und einfach dort stehen gelassen hatten.

Der Galgenbaum war ein verdorrter Baum, an dem in früheren Zeiten, als es noch keinen Galgen in der Grafschaft gab, die Verurteilten erhängt wurden.

Benedikt war damals zehn Jahre alt gewesen und hatte unendliche Angst vor ihr gehabt, denn die Nacht war schon hereingebrochen, als sie ihn dort fand. Wer wollte auch schon am Galgenbaum festgebunden der Tochter des Scharfrichters begegnen?

Mit der Zeit hatte sich jedoch eine Art Freundschaft zwischen den beiden entwickelt und so versuchte Lidwina auch immer Benedikts Mutter Sina zu helfen. Sie hatte mit ihrem Trank aus wilder Kamille und Schöllkraut gegen die Schwindsucht Erfolg gehabt, denn seit über drei Jahren hatte die Frau keine starken Anfälle mehr.

Lidwina war auch mehr als entsetzt gewesen, als Benedikt ihr erzählt hatte, dass einige Dörfler den Glauben vertraten, dass das Blut frisch Hingerichteter seiner Mutter gegen die Fallsucht helfen können sollte, da die noch darin erhaltene Lebenskraft des Menschen, dessen letzte Stunde zu früh geschlagen hatte, diese Krankheit besänftigen sollte. Ihr war bei der Vorstellung, das Scharfrichterkollegen Kranken das Blut von Hingerichteten überhaupt zu trinken gaben fast übel geworden. Natürlich war ihr bekannt, das andere Scharfrichter im Verkauf von Menschenfett, welches sie aus den Körpern Hingerichteter gewannen, eine wichtige Einnahmequelle sahen. Dem Armsünderfett wie man es nannte wurde eine besondere Wirkkraft und heilmagische Bedeutung zugesprochen und obwohl die Kirchenmänner allen heidnischen Opferglauben als Tabu verpönten, so hatten auch sie nichts dagegen selbst für die Herstellung von verschiedenen Salben gegen Knochenschmerzen, Gicht, Aussatz und bei der Behandlung anderer Erkrankungen es zu verwenden.

In den letzten eineinhalb Jahren hatte Lidwina im Auftrag des alten Grafen auch einige Vagabunden und Gauner bestraft und zwei Mörder, darunter einen Adligen aus einer anderen Grafschaft gerichtet, an deren Leichname zwar Studien betrieben, jedoch deren Fett nicht zur Herstellung von Salben verwendet. Wie auch der Vater schon, hatte sie dafür Tierfette oder Pflanzenfette genutzt. Ihre Studien bezogen sich auf die Heilkräfte und wie sie diese besser nutzen konnte. Zum Beispiel, wenn sie Glieder aus medizinischen Gründen abnehmen musste, um einen Menschen vor dem Sterben zu retten, so konnte sie besser damit leben, als wenn sie die Leute wegen ihrer Straftaten verstümmeln musst.

Das Richtschwert, das Symbol für Recht und Ordnung, war nun ihr persönlicher Besitz und zudem schon zwei Generationen in der Familie ihres Vaters weitervererbt worden. Der Umgang mit diesem Schwert setzte auch einiges an Können voraus. Dennoch beherrschte Lidwina den Umgang, denn sie hatte, wie einst mit der Axt, mit einem alten Schwert an den Kadavern der erlegten Wölfe geübt. Diese alte Waffe hatte sie bis jetzt nur einmal bei der Hinrichtung des Mörders aus herrschaftlichem Hause der anderen Grafschafft, eingesetzt. Das Richtschwert selbst war hohen Herrschaften vorbehalten, und solche waren ihr noch nicht wieder zum Richten untergekommen. Für einfache Gauner wurde die Axt verwendet oder sie wurden erhängt.

So ein Richtschwert wurde zweihändig geführt, hatte jedoch im Gegensatz zu einem Zweihänder-Kampfschwert eine nur halb so lange Klinge, die breiter und an der Spitze abgerundet war. Die Klinge war auf der einen Seite mit einem Spruch und Symbolen der Familie versehen, um so den Geist des zu Tötenden von der Klinge fern zu halten. Denn laut des Glaubens der Scharfrichter, würde in eine solche Waffe ohne diese Zeichen und Sprüche, die Seele eines Getöteten einfahren und den Tod des Scharfrichters verursachen können, da eben diese Seele dann die Kontrolle über dessen Seele gewann. Auch hatte sie bei der Vollstreckung der Todesstrafe stets eine Maske getragen. Diese sollte vor dem Fluch oder dem bösen Blick des Verurteilten schützen. Doch bei der letzten Hinrichtung hatte Lidwina selbst die Maske weggelassen, denn an diesen Fluch glaubte sie nicht und an den bösen Blick schon lange nicht mehr. Sie hatte schon zu viel Verachtung, Hass und Angst in anderen Augen ihr gegenüber gesehen, was sollte sie da noch der Blick eines Verurteilten schrecken!

Freude hatte es für Lidwina nur wenig in den letzten beiden Jahren gegeben. Doch als es ihr gelungen war, mit Benedikts Hilfe einen jungen Wolf, den sie gefunden hatte, als Hetzhund auszubilden, war ein leichtes Strahlen in ihre Augen zurückgekehrt.

Rage, ihr Wolf war intelligent, jagte wirklich alles und jeden, wenn die beiden es ihm befahlen, doch des nachts lag er zu Füßen seiner Herrin, schleckte ihr morgens mit der Zunge über die Zehen, wenn sie seiner Meinung nach zulange schlief. Der Wolf, ließ sich von ihr oder von Ben, wie Lidwina ihren jungen Freund nannte, wie ein Schoßhund hinter den Ohren kraulen.

Auch heute machte man normalerweise einen weiten Bogen um die junge Frau und ihr Haus, doch wenn einer der Dorfbewohner es nötig hatte, schlich er wie eh und je durch die Nacht zur Hütte der Scharfrichterin. Als Heilkundige, wie einst auch schon ihr Vater, ließen sich Leute von ihr Tränke brauen, oder holten ihren guten medizinischen Rat ein. So konnte sie das Nutzvieh der Bauern behandeln und mittlerweile erfolgreich Knochenbrüche heilen und sich mit diesem Nebenverdienst ihren Lebensunterhalt sichern, wenn es niemanden zu richten gab, auch wenn andere Aufgaben, wie das Erschlagen tollwütiger Hunde, tote Tiere zu beseitigen oder Exkremente zu beseitigen ihr auch Lohn einbrachten.

Mancher Dörfler machte dann jedoch die unangenehme Erfahrung, dass Rage wirklich ausgesprochen gut über seine Herrin wachte. So hatte der ein oder andere schon mal ein zerrissenes Hosenbein oder eine zerfetzte Schürze, wenn er wieder ging, da dieser sie wohl mit einer zauberkundigen Hure verwechselt hatte.

Scharfrichterin – Erklärung siehe Glossar

Der Dieb

Eine der Aufgaben von Lidwina als Scharfrichterin war es, ein detailliertes Verzeichnis der von ihr vollzogenen Strafen an Verurteilten Sündern zu erstellen. Die Einträge hatten das Datum, den Namen des Gefangenen, dessen Herkunft und Stand, die Schilderung der dem Urteil zugrundeliegenden Verbrechen sowie die Methode der Befragung und der – wenn daraus ergehende Exekution – zu enthalten. Viele solcher Papiere hatte sie jedoch noch nicht erstellen müssen, da es in der Grafschaft doch weitaus weniger Verbrechen gab als in anderen oder gar den großen Städten. Ehrenstrafen hatte sie so auch bekundet. Solche Strafen gab es für leichte Vergehen, kamen dann schon mal öfter vor und waren ein äußerst wirkungsvolles Instrument für die Läuterung. Allerdings wurde oft damit auch einer der Männer des Grafen beauftragt und nur selten sie als Scharfrichter mit der Durchführung der Strafe betraut. Fallweise wie bei einer Rutenstrafe, damit die Person nicht zu einer unehrlichen Person wurde und in die Gemeinschaft der Grafschaft zurückkehren konnte, außer diese gehörte zusätzlichen zu einer darauffolgenden Verbannung oder Todesstrafe.

Eine weitere Aufgabe von ihr war es, immer wieder nach den Foltergerätschaften im Kerker zu schauen. Man wusste nie, wann sie wieder gebraucht wurden, denn dann mussten sie sofort einsatzfähig sein. Sie erhielt für diese Aufgabe monatlich zwei Taler Entlohnung vom Grafen, was ihr somit ein regelmäßiges, wenn auch dürftiges Einkommen einbrachte.

Es war ein lauer Frühsommerabend, als Lidwina die schmale Kerkerholztreppe des zweistöckigen Turms nach verrichteter Arbeit emporstieg. Sie hatte gerade die Eingangstür hinter sich geschlossen und sah in den langsam dunkler werdenden Hof der Feste. Sie liebte es, wenn die letzten scheidenden Strahlen der Sonne in den vom Leben erlahmten Hof fielen und die Fenster der Feste in der untergehenden Sonne ein letztes Mal rötlich glänzten.

Als sie gerade ihren Hut aufsetzen wollte, entbrannte von einem zum anderen Moment ein riesiger Tumult. Rufe wurden laut. »Ein Dieb, ein Dieb! Sucht ihn! Haltet ihn!«

Wachen eilten vom Torhaus aus über den Burghof in Richtung des Herrschaftsgebäudes, während die Sonne hinter der Festung am unter gehen war. Der von der Ringmauer umgrenzte Vorhof mit den Nebengebäuden, darunter die Ställe, Gesindehäuser, Vorratsräumen, sowie die Schmiede lagen sogleich im dunklen.

Ein Dieb! Was hier?, dachte Lidwina noch irritiert, doch weiter kam sie in ihrer Überlegung nicht. Eine Gestallt löste sich gerade aus dem Schatten eines der Nebengebäude. Vorsichtig und darauf bedacht nicht entdeckt zu werden, schlich dieser an der Schildmauer entlang, genau in ihre Richtung auf den Wehrturm, in dem sich ihre Schreibstube und der Kerker befanden und somit auf sie zu.

Lidwina zog ihr Schwert, welches sie an der Seite unter ihren Mantel gegürtet hatte. Sie hatte Glück, denn die Dunkelheit der aufkommenden Nacht verhüllte ihre schlanke Gestalt, so dass man sie nicht gleich erkennen konnte.

Die fremde Gestalt hatte sie fast erreicht.

Lidwina trat der in schwarz gewandeten Person entgegen. Diese wurde von ihrem unerwarteten Erscheinen überrascht und taumelte erschrocken zurück.

Lidwina griff nach vorne, fasste in den festen Stoff der Kleidung und zog die Gestalt ruckartig und mit aller Kraft zu sich. Gleichzeitig duckte sie sich tief, so dass ihr Gegner durch seinen eigenen Schwung über sie fiel und hart zwischen ihr und der Mauer auf dem Rücken landete. Sofort richtete sie sich auf, drehte sich der Person zu und hielt dieser das Schwert an die Kehle.

Der Mann, als welchen sie ihn schattenhaft erkannte, da

sie sich ihm zugeneigt hatte, riss die Augen auf und keuchte erstaunt, als er ihr direkt ins Gesicht blickte. »Ihr seid eine Frau!«, stieß er verwundert und geschockt hervor.

Lidwina konnte sich eine Bemerkung nicht verkneifen: »Ja, genau! Eine Frau! Und zugleich die schrecklichste Henkerin, die Ihr je gesehen habt und wie es aussieht, jetzt wohl auch alsbald die Eure, Schurke!«

Dieses Weib ist so was von lästig, dachte er. Er funkelte sie wütend mit seinen braunen Augen an. Griff an seinen Gürtel, während er hervorstieß: »Was habt Ihr nun vor?«

Wenn der Kerl dachte, sie würde zurückweichen und ihn entfliehen lassen nur weil er nach seinem Messer griff, dann hatte er sich gerade gewaltig verrechnet. »Entweder bringe ich dich gleich hier um dein erbärmliches Leben, oder der Graf wird entscheiden, was mit dir geschieht. Kommt ganz darauf an, ob du das kleine Messer aus deiner Hand da fallen lässt oder nicht! Es wird den Grafen aber gewiss nicht sonderlich stören, ob es einen Gauner mehr oder weniger in seiner Grafschaft gibt, der nicht mehr gerichtet werden muss!«

Der vermeintliche Dieb ließ das Messer fallen, da sie ihm die Spitze ihres Schwertes noch etwas tiefer in die Haut seines Halses drückte.

In dem Moment kamen auch schon zwei der gräflichen Wachen herbeigeeilt.

Der junge Mann wandte den Kopf und wurde ein wenig blass und es wurde ihm klar, dass er höchstwahrscheinlich die Freiheit, wenn nicht sogar sein Leben verwirkt hatte.

Die beiden Wachen hielten ihn mit ihren Schwertern in Schach, während Lidwina ihres zurückzog und in die Schwertscheide unter ihren Mantel schob.

Sie besah sich den Gauner genauer, denn ein dritter Wachmann war mit einer Fackel herangeeilt.

Der junge Mann, den sie gestellt hatte, musste etwa in ihrem Alter sein und somit Mitte der zwanzig Lenze zählen. Sein mittellanges, schwarzes Haar glänzte seidig im Schein der Fackel. Er hatte klare, braune Augen, in denen das Licht der Fackel tanzte und war, soviel zu sehen war, gut gebaut. Seine Kleidung war sauber und schwarz.

Lidwina machte eine vielsagende Geste mit dem Zeigefinger, als der Graf sich nervös umsehend auf den Vorhof trat.

Sie bemerkte eine gewisse Aufregung und Unsicherheit bei ihrem Dienstherrn, die sie sonst nicht kannte, ließ sich aber nichts anmerken, fragte aber dennoch: »Herr Graf, ist alles in Ordnung mit Euch?«

Ihr Dienstherr nickte, während er erstaunt entgegnete: »Was macht Ihr eigentlich noch hier, Lidwina?«

»Ich hatte noch im Kerker zu tun, mein Herr und war gerade auf dem Weg nach Hause. Dabei ist mir dieser Kerl hier vor die Füße gelaufen! Aber Herr Graf, was ist denn eigentlich geschehen?«

Graf Raimond holte tief Luft, bevor er zu erzählen anfing: »Ich war in der Bibliothek, als ich den Dieb oder was auch immer dieser Kerl ist, bemerkte. Ich hatte einen Schatten durch das Fenster huschen sehen und wollte sofort die Wachen rufen, damit sie diesen fassen. Dann sah ich das Messer in der Hand der schwarzgekleideten Gestalt und das brachte mich dazu, mich lieber erst einmal in Sicherheit zu bringen und mich zu verbergen, da ich selbst keine Waffe bei mir und in der Nähe hatte. Jedenfalls stieß ich dann gegen eines der Regale, das jedoch muss den Kerl erschreckt haben, er entschwand aus dem Fenster, noch bevor ich nach den Wachen rufen konnte. Der Dieb wäre meiner Überlegung nach vielleicht noch an den Hofwachen vorbeigekommen, doch auf dem Weg aus der Festung würde ihm dies wohl schwerlich ein zweites Mal gelingen. Die Wachen am Tor hätten in gewiss aufgehalten. Wie man aber sieht, die Aufgaben meiner unachtsamen Wachen, ist eine, die Ihr für sie bereinigt habt!«

Dann wandte sich der alte Graf dem Dieb zu, der immer noch am Boden hockte und seinen Blick nicht von Lidwinas Gesicht loszureißen vermochte. »Also, jetzt stelle ich dir ein paar Fragen und du antwortest! Was hattest du vor, Kerl?«

»Hoch mit dir!«, knurrte eine der Wachmänner: »Steh unserem Herrn sofort Rede und Antwort!«

Trotzig hob der Gefasste, der jetzt von den Wachen an den Armen in den Stand gezogen wurde, den Kopf. »Ihr habt Glück gehabt, dass Ihr mich überhaupt noch zu sehen bekommen habt!«

»Was soll das heißen!«

»Es heißt, was es eben heißen soll!«

Der Graf war nach dieser unverschämten Antwort so erzürnt, dass er den Mann anfuhr: »Das Problem, dich zu befragen und deine Unverschämtheiten zu hören, das hätten wir nicht, wenn wir dich gleich umbringen ließen. Das ist es wohl auch, was du auch mit deinem Schandmaul bezwecken wolltest, wie mir scheint. Aber für diese Frechheiten mir die geforderten Antworten schuldig zu bleiben und diesem Vergehen hier eingedrungen zu sein, dafür wirst du unter der Hand meiner Scharfrichterin leiden. Wache, bringt ihn in die Verhörkammer, da wird sich seine Zunge schon lösen lassen.«

Kaum war der Befehl erteilt, wurde der Verdächtige äußerst unsanft in den Turm und dessen kalten Kerker verbracht. Man stieß ihn die Treppe hinunter.

Unten angekommen gelangten sie in einen Vorraum mit Tisch und Bank – der Raum für die Wache.

»Dort entlang«, kam der knappe Befehl.

Die Wächter zerrten ihn weiter, einen kurzen Gang entlang, an zwei Türen mit kleinen Gitterfernstern in Gesichtshöhe – wohl Verliestüren – vorbei und dann war da eine weitere massive eisenbeschlagene Holztür. Er wusste was da hinter war, ein Ort der Qual: Der Verhörraum.

Einer der Wächter öffnete die schwere Holztür, deren Scharniere quietschten und man stieß ihn hinein.

Er hatte einen dunklen, feuchten und übel nach Blut riechenden Verhörraum erwartet, doch wenn auch die darin stehenden Peingeräte, die Aufziehrolle an der Decke und die an den Steinwänden hängenden Folterinstrumente, wie Ruten, Halsfesseln, Ketten, Zangen, Sägen und Daumenschrauben in dieser Peinkammer auch etwas schreckeinflößendes an sich hatten, so war auch der Raum unerwartet sauber und geordnet, wenn auch die Luft darin stickig war.

»Er soll sich auf den Schemel setzen«, hörte er den Grafen sagen.

»Setz dich, Schurke!«, befahl eine Stimme ungeduldig. Im gleichen Augenblick bekam er einen derben Schlag zwischen die Schulterblätter, von einem der Wächter.

Er setzte sich auf den Schemel und sah den Grafen in zermürbender Ungewissheit über den weiteren Verlauf seines Schicksals an.

»Nun sag mir Missetäter, was trieb dich zu der Form der Missachtung meines Eigentums und meines Privatbereiches. Ein Geständnis könnte dich vor einer harten Befragung schützen!«

Der junge Mann schwieg. Das einzige was er tat, er sah gelegentlich verstohlen zu Lidwina hin, die abwartend im Raum stand, da ihr Herr das Verhör wohl erst einmal selbst zu führen gedachte.

Die Befragung

»Rede Mann!«, herrschte der Graf ihn ungehalten an.

»Nein!« Erneut blieb er dem Grafen eine Antwort schuldig.

Der Graf verlor endgültig die Geduld, er schlug dem Unwilligen mit der flachen Hand ins Gesicht und fuhr ihn barsch an: »Rede endlich!«

»Nein. Niemals!«

»Du redest also nicht? Du wirst Schmerzen unter der Folter dafür ernten, weißt du das? Also, was ist?«

Der Dieb grinste den Grafen schief an, denn Graf Raimond galt in den umliegenden Grafschaften als ein Adeliger, der Nachsicht und eine gewisse Teilnahme am Leiden von Gefangenen zeigte und der selbigen, selbst nach einer Verurteilung den Tod möglichst zu erleichtern versuchte, daher wurden seine Züge entschlossen und er erwiderte erneut: »NEIN!«

»Du bist dir da wirklich sicher!?«

»Ja!«

»Nun gut, du hast es so gewollt. Meine Geduld ist erschöpft. Wer hier in meiner Grafschaft Verbrechen begeht, der wird seiner Strafe nicht entkommen, denn der sühnt seine Missetaten leibhaftig. Die Palette der Strafahndung, die meine Scharfrichterin beherrscht, ist reichhaltig. Die von mir angeordnete Wahrheitsfindung wird somit konsequent an dir durchgeführt. Aussicht auf Gnade gibt es nicht, solange du den Mund nicht aufmachst.«

Der Graf winkte Lidwina zu sich, die immer noch abwartend in der Nähe stand.

»Scharfrichterin, ich will das ihr dem Lumpen auf anschaulicher Weise nahebringt, das es besser gewesen wäre, den Mund aufzumachen. Also fangt an. Entlockt dem Kerl ein Geständnis! Auf die Streckbank dafür mit ihm!«

Der Befehl wurde sofort ausgeführt, die beiden Männer seiner gräflichen Wache packten den jungen Mann, auch wenn der Gauner jetzt versuchte, sich mit Händen und Füßen gegen diese zu wehren.

Sie verbrachten ihn gewaltsam auf die Folterbank. Er spürte das raue Holz in seinem Rücken. Die Arme des Mannes wurden über den Kopf gezogen, die Hände am oberen Ende der Bank in Schlingen gefesselt. Die Füße unbeweglich am unteren Ende festgebunden.

Als er so gebunden dalag, begannen die Wächter mit Hilfe eines Handhebelrades das Seil an seinen Händen anzuziehen, wobei sein Körper langsam gestreckt wurde.

Lidwina ging zur Folterbank. Dann um sie herum. Sie überprüfte die Fesselung und nickte. »Gut!« Sie sah auf ihn hinab. »Nun, du weißt bereits, mit wem du es bei mir zu tun hast. Nun fangen wir also mit der Befragung an. Nenn mir deinen Namen?«

»Nein, ich sag Euch nichts, noch nicht einmal diesen!«

Lidwina beugte sich zu ihm hinunter und sah dem Mann direkt in die Augen. Braune, aufbegehrende trafen auf eisblaue verständnislose, unnachgiebige Augen. »Man kann sich wirklich nur darüber wundern, wie verstockt so manch sündige Seele ist! Na dann, wie du willst!«, kommentierte sie seinen Starrsinn.

»Sollen wir ihn noch mehr spannen?«, fragte einer der Wachmänner.

Sie nickte. »Es wird wohl von Nöten sein, um ihm Antworten zu entreißen, da er sie unserem Grafen nicht gutwillig gibt.«

Anfangs konnte er mit seiner Muskelkraft noch den Kräften der Seile standhalten. Doch irgendwann nach weiterem drehen des Rades ließen dann auch seine Kräfte nach. Seine schönen Gesichtszüge verzerrten sich und der zuvor energische Blick wisch dem von Entsetzten. Seine Bänder, Sehnen und Muskeln waren nun bis zum Zerreißen angespannt. Er schaute zum Grafen, sah diesen mit gespanntem Blick warten, was jetzt geschehen würde. Die Angst, drückte ihre Klauen nun doch in sein Herz.

»Nenne endlich deinen Namen! Also los, rede schon, du kannst dir das alles und noch schlimmeres ersparen!«, hörte er die Stimme der Scharfrichterin.

»Baran!«, stöhnte er nach einer kurzen weiteren Weile auf, doch mehr gab er nicht von sich.

Er hatte zwar seinen Namen unter der Folter und dem immer heftiger werdenden Schmerzen genannt, blieb aber ansonsten unter der Tortur standhaft.

Baran stöhnte, presste die Lippen fest zusammen, als die Kräfte, die auf seine Schultern einwirkten, unerträglich wurden. In seinen Schultern knackte es und nach einem weiteren Drehen der Winde wurde seine linke Schulter vollends aus ihrem Gelenk gerissen. Er stöhnte gepeinigt auf. Wie flüssiges Feuer brandete der Schmerz. Unwillkürlich füllten sich seine zuvor noch lebhaften Augen mit Tränen und verloren ihren Glanz. Während der Graf meinte: »Ich denke wir müssen bei ihm und wegen seiner Verstocktheit wohl auch noch glühende Eisen einsetzen.«

Baran wünschte sich, ohnmächtig zu werden, nie zuvor hatte er einen solchen Schmerz verspürt. Seine Augenlieder flackerten kurz, dann wurde es dunkel um ihn.

»Mein Herr, er ist ...!«

»Was?«, fragte der Graf etwas ungehalten.

»Er ist gerade bewusstlos geworden! Mein Herr, verzeiht, aber...« Ihr fehlten die Worte.

»Ich glaube der Kerl schweigt, weil er mich töten wollte!«, äußerte sich der alte Graf ihr gegenüber. »Ich bin mir fast sicher, dass mich jemand tot sehen möchte, zumal der Kerl nicht einmal etwas entwendet hat.«

Entgeistert wendeten sich Lidwinas Augen von dem Gefangenen weg. Sie sah in das gütige Gesicht des alten Mannes. »Glaubt Ihr das wirklich, mein Herr?«

»Ihr werdet bei der weiteren Befragung, in Richtung dieser

besonderen Schwere einer Schuld bei ihm ermitteln.«

»Ich kann es versuchen.«

Der Graf drehte sich um, würdigte Baran keines Blickes mehr und rief seinen beiden Wachen zu: »Befreit ihn von der Bank, schafft ihn in eines der Verließe und legt in da auf ein Lager mit Stroh! Befestigt aber einen seiner Füße mit einer Kette an der Wand.«

»Herr Graf, soll ich mich um seine Verletzungen kümmern?«, fragte sie.

»Ja, kümmert Euch um ihn, Lidwina! Ich werde mich zurückziehen und in meinen Räumen über die weitere Behandlung des Lumpen bei einer späteren erneuten Befragung nachdenken! Ich gebe ihm ein paar Tage Zeit, seine Aussageunwilligkeit zu bedenken.« Mit diesen Worten verließ der Graf den Kerker.

Die Wächter befolgten unverzüglich die Befehle ihres Dienstherrn. Sie lösten den Gefangenen von der Folter und trugen ihn in eins der Verliese, legten ihm ein Fußeisen um den Knöchel und ketteten ihn an der Wand an, indem sie die Glieder der Kette mit einem Schloss fest mit dem dort eingelassenen Eisenring verbanden.

Lidwina ging zu dem Gefangenen, der nun auf dem schmalen mit Stroh bedeckten Holzlager lag, und fühlte seinen Puls. Dieser war schwach, wurde aber langsam wieder stärker.

Es war gut und ein Vorteil für ihn und auch für sie, dass er bewusstlos war. Sie musste schnell handeln.

Die linke Schulter musste schnellstmöglich wieder eingerenkt werden, denn Lidwina wusste, dass dies sonst zu einer Dauerschädigung durch eingeklemmte Nerven oder Blutgefäße führen konnte, was zur Lähmung des Armes führen würde. Doch selbst wenn ihr dies gelang, würde er seinen linken Arm einige Tage nicht bewegen können.

Sie umfasste sein linkes Handgelenk mit einer Hand und mit der anderen seinen Ellenbogen, beugte diesen und begann den Arm so durch einen konstanten Zug von seinem

Körper weg zu spannen. Dann zog sie den so abgewinkelten Arm des Verletzten langsam in dessen Kopfrichtung, weiter nach oben und letztendlich über seinem Kopf zu Boden. Als sie nach einiger Zeit eine deutliche Entspannung der Muskulatur verspürte, zog sie den Arm rasch nach unten. Ein leises Knacken sagte ihr, dass die Kugel wieder in das Gelenk gerutscht war.

Sie legte um die Schulter einen Verband an und fixierte seinen Arm dann mit Hilfe einer Binde an seinem Körper, damit er diesen fürs erste nicht mehr bewegen konnte. Lidwina griff noch nach einer alten Decke und warf diese über seinen Körper.

Sie würde diesen Baran die nächsten Tage öfter sehen, als ihr lieb war, denn sie musste seinen Arm jetzt regelmäßig kontrollieren. Lidwina bedachte den Delinquenten, für den sie die Verantwortung trug, mit einem grimmigen Blick. Er hatte mit seiner störrischen Haltung das Schicksal herausgefordert und würde, wenn er weiterhin stur blieb teuer dafür bezahlen müssen.

Sie verließ das Verlies. Begab sich in ihre Dienststube im ersten Geschoss des Turmes, um den Verhörbericht anzufertigen.

Viel zu schreiben gab es da nicht, nachdem sie den Kiel der Schreibfeder in das Tintenfass getaucht hatte. Ein kurzer Bericht wurde es, der einzig aus dem Namen des Beschuldigten und der Methoden der Befragung, so wie der Weigerung eines Geständnisses bestand. Dann machte sie sich sichtlich müde auf den Heimweg. Sie hatte das Mannloch benutzen müssen, um die Burg zu verlassen. Es war kurz vor Mitternacht. Die Nacht war mondlos, der Himmel war klar und die Sterne leuchteten hell. Sie dachte, während sie einen Schritt vor den anderen setzte über den Gefangenen im Verließ nach. Die Frage warum er denn nicht reden wollte, die schwirrte ihr immer wieder durch den Kopf. Nachdenklich runzelte sie die Stirn. Warum machte sie sich solche absurden Gedanken überhaupt? Sie hatte bis heute absolut kein Interesse an Männern gehabt, musste aber doch zugeben, dass dieser Baran etwas an sich hatte, dass ihr gefiel. Doch er war ein Gefangener, nicht mehr und nicht weniger. Und sie wusste nur zu gut, ein hübsches Äußeres spiegelte selten den Charakter wider.

Ein Gähnen unterdrückend, lief sie weiter. Drei Wegabzweigungen passierte sie zwischen den Feldern, denn sie hatte auch das Dorf längst hinter sich gelassen. Endlich erreichte sie ihr Haus.

Ihr Haus am Rande des Waldes bestand aus zwei Räumen. Im hinteren Raum stand ihr Bett mit einer Kleidertruhe und ein Stuhl. Im großen Raum bei der Eingangstür hatte sie auf einem Regal ihre Flaschen und Tiegel, in denen sie ihre Heilmittel aufbewahrte. An der Decke hingen dutzende von Kräuterbüscheln, die im Raum ihr Aroma verströmten. Einen sauber geschrubbten Kessel hatte sie über der Feuerstelle hängen. Die wenigen Schüssel, Teller sowie Brettchen und Becher waren sauber in einem anderen Wandregal aufgereiht.

Gefangener zwischen Kerker und Gefühlen

Als Baran erwachte, konnte er den Kopf nur ein Stück heben. Er stellte fest, dass man ihn aus der Folterkammer gebracht und in ein Verlies verlegt hatte. Er lag auf einer schmalen mit Stroh belegten harten Holzliege, hatte ein Strohkissen unter dem Kopf und eine Decke war über ihn gebreitet. Eine Kette mit einem Eisenfußring war um den Knöchel seines rechten Fußes gelegt, die an der Wand befestigt war.

Er fühlte sich schwach, sein Körper bestand nur noch aus Schmerz und ihm war übel, so dass er würgen musste. Doch er hatte nicht die Kraft, wach zu bleiben. Sein Verstand war umnebelt und er schlief auch gleich wieder ein.

Gegen Mittag sah Lidwina nach ihm.

Er fühlte sich zu erschöpft, um die Augen zu öffnen, doch sie befahl ihm, sich aufzusetzen, was ihm aber letztendlich nur mit ihrer Hilfe gelang.

Die Scharfrichterin untersuchte seine Schulter und er hoffte, dass diese Begutachtung durch sie schnellst möglich vorbei war und er sich einfach wieder auf das Stroh bedeckte Holzgestell zurücklegen konnte. Er wollte, dass man ihn in Ruhe ließ. Doch die weiteren Berührungen seiner Peinigerin waren alles andere als unangenehm, auch wenn die Behandlung an sich schmerzte.

Sie ist so eine schöne Frau, dachte er bei sich und auch wenn in ihrem Wesen etwas gebieterisches lag, war sie dennoch möglichst sanft. Dies beindruckte ihn und machte ihn gleichzeitig nervös. Er glaubte an ihrem Gesicht ablesen zu können, während sie seine Verletzungen behandelte, dass es ihr nicht sonderlich gefallen haben durfte, ihn gequält haben zu müssen.

»Ihr seid nicht nur in Eurem Fachgebiet des Folterns außerordentlich begabt und talentiert, wie ich gerade feststellen darf!«, meinte er. Dabei dachte er, *dieses Weib kann gnadenlos und grausam sein!*

Sie sah ihn missbilligend an und hob eine Augenbraue. »Hättest du den Mund aufgemacht, hätte ich in beiden Dingen bei dir nicht so einen großen Eindruck hinterlassen brauchen. Ich warne dich Baran, der Graf hat schon so manchem unverfrorenen Missetäter den Garaus machen lassen. Dass er dich noch ein weiteres Mal der Folter unterziehen lässt und du meine Fähigkeiten dadurch noch weiter kennen lernen wirst, das würde ich an deiner Stelle in der Tat in Erwägung ziehen.«

Seine Mundwinkel verzogen sich nach unten, als er darauf hin äußerte: »Dann habe ich also nochmals das zweifelhafte Vergnügen Eure Kunst im Foltern zu genießen und danach wohl auch weiter hier das Vergnügen im Kerker dieses Grafen sitzen zu dürfen und dies, bis er von meiner Sturheit genug hat.«

»Nur wenn du auch weiterhin keine Vernunft annehmen willst sturer Kerl. Wenn dem so ist, so ist dir eben nicht zu helfen. Ich bin jedenfalls fürs erste mit dir hier fertig!«, sagte sie. »Ich gehe jetzt wieder und gebe dir Zeit über dein stures Verhalten nachzudenken.«

»Ihr vertretet wohl die unumstößliche Meinung, dass Folter ein notwendiges Mittel zur Erforschung der Wahrheit ist. Doch heißt es nicht auch das Gott den Unschuldigen Kraft verleihe, um Qualen zu überstehen?«

»Du kannst es dir leicht oder schwer machen, Schurke. Bei letzterem wirst du jedoch schon bald merken, dass ich letztendlich am längeren Hebel sitzen werde.« Sie stellte ihm noch einen Kräutersud hin, den sie für ihn zubereitet hatte und der ihm die Schmerzen nehmen sollte und verließ den Gefangenen.

Die schöne Scharfrichterin hatte ihn längst wieder verlassen, als die Wache ihm etwas Suppe und Wasser brachte.

Baran hoffte nur, dass er die kleine Mahlzeit auch würde bei sich behalten können, denn übel war ihm noch immer. Doch er hatte Glück, das Essen blieb in seinem Körper. Er fühlte sich jedoch unglaublich schwach, sodass er sich schon bald wieder auf das harte Lager zurücksinken ließ. So schlief er auch gleich wieder ein, dank den Kräutern.

Baran wurde von einem Geräusch geweckt. Es war das Quietschen der Tür seines Verlieses, die geöffnet wurde. Mühsam drehte er den Kopf. Sein Blick viel auf die Gestalt die soeben eintrat. Ihm stockte der Atem. Dies war gewiss eine weiblich göttliche Erscheinung. Ihre Haut und ihr Haar schimmerten golden. Er erkannte in seinem Fieber nicht, das ihm der Feuerschein der Fackel trug.

Langsam stand er auf. Ihm war schwindelig und heiß. Wie in Zeitlupe streckte er die Hände nach vorn. »Himmlisch«, flüsterte er.

Lidwina war mehr als verwundert und runzelte fragend die Stirn.

Baran strahlte sie mit einem seltsam verklärten Blick regelrecht an. Sie vermochte sein seltsames Verhalten nicht gleich einzuordnen und wollte ihn schon fragen, was das solle. Da begriff sie, dass mit ihn etwas nicht stimmte.

Baran hatte das Gefühl der Boden wurde ihm unter den Füßen weggezogen. Seine Beine gaben einfach nach und er fühlte, wie er fiel.

Er ging wie ein Sack zu Boden.

Lidwina eilte zu ihm hin, um ihn aufzufangen.

Barans Puls raste und er war unregelmäßig, sein Körper glühte. Vorsichtig zog sie ihm das Hemd aus. Sein Brustkorb war stark angeschwollen und seine Schulter schimmerte blaugrün. Auf einmal bekam er auch noch einen starken

Hustenanfall, dabei schlug er plötzlich die Augen auf und sah Lidwina aus starren Augen an. Er begann zu würgen.

Rasch drehte Lidwina ihn auf die linke Seite.

Er erbrach sich. Dann schloss er die Augen wieder und sein Kopf viel schlaff zur Seite.

Lidwina wusste, durch die Streckung auf der Folterbank kam es zu Muskelverletzungen. Das Zerreißen größere Muskelfaserteilen lies immer ein Bluterguss entstehen. Es konnte dabei zu einer Entzündung mit Übelkeit, Erbrechen und Fieber kommen. In so einem Fall sackte das Blut auch mal nach unten ab und das Gehirn wurde nicht mehr ausreichend durchblutet, und ein solcher Zustand konnte zu einer Ohnmacht führen. Es ging ihm sehr schlecht.

Sie rief den Wachmann und mit dessen Hilfe, legten sie Baran erst einmal wieder auf sein Lager.

Sie behandelte ihn erneut mit ihren Salben und wenn sie ihn berührte, machte sich ein sehr merkwürdiges Gefühl in ihrer Magengrube breit. Kein unangenehmes, versteht sich, eher ein aufregendes Kribbeln und völlig neuartig für sie. So strich Lidwina ihm, ohne darüber nachzudenken, eine schweißnasse Haarsträhne aus dem Gesicht und sagte leise: »Das wird schon wieder werden. Es braucht nur Zeit!«

Inzwischen waren zwei Tage vergangen, in denen Baran sich nicht gerührt und Lidwina sich um ihn gekümmert hatte.

Manchmal in seiner Bewusstlosigkeit glaubte er eine Stimme zu hören, die ihm gut zuredete und süßen Veilchenduft zu riechen, dann jedoch triftete er wieder in die vollkommene Dunkelheit ab. Endlich gelang es ihm die Augen zu öffnen und er erkannte die Scharfrichterin.

»Ah' da sind wir ja wieder! Willkommen in der Wirklichkeit deines Lebens und derer, die bei Bewusstsein sind!«

Baran drehte seinen Kopf etwas in ihre Richtung, da war

er wieder, dieser Duft nach Veilchen, den er bis jetzt immer gerochen hatte, wenn sie in seine Nähe kam. Er lächelte schwach. »Ihr habt einen ziemlich trockenen Humor!«, meinte er.

»Den habe ich wohl! Dennoch frage ich mich immer noch, warum du eigentlich so renitent im Schweigen bist, wo man dich hier in der Burg, in der du nichts zu suchen hast, stellte und förmlich darum gebettelt hast aufs härteste angepackt zu werden?«

»Ich will eben nichts sagen, dass mich in noch größere Schwierigkeiten bringen könnte als die, die ich sowieso schon habe!«

»Was für eine größere Schwierigkeit sollte es jetzt für dich Lump noch geben als diese, in der du dich gerade befindest? Also Sprich!«

Er sah sie an und schüttelte verneinend den Kopf. »Ich lege kein Bekenntnis ab.«

Lidwina zuckte mit den Achseln und verließ den Kerker.

Weitere Tage waren vergangen, in denen Lidwina sich regelmäßig um ihn und seine Verletzungen gekümmert hatte.

Baran fühlte sich immer noch nicht so gut, aber es ging ihm wenigstens schon so weit besser, dass ihn nicht mehr übel wurde, doch an seiner Schulter durfte man ihn nicht berühren, ohne dass er vor Schmerzen aufstöhnte.

Lidwina half Baran wieder einmal sein Hemd auszuziehen und nahm dann vorsichtig den Verband von seiner Schulter ab. Als dieser entfernt war, sagte sie mehr zu sich: »Das sieht doch schon ganz gut aus!«, und sie tastete dabei seine Schulter und dann seinen Brustkorb ab.

Er wandte ihr ruckartig seinen Kopf zu. »Ääh, aua! Ich weiß nicht, was für einen Foltermeister gut aussieht, aber das da fühlt sich noch alles andere als gut an. Es ist ekelhaft, was Ihr im Verhör mit den Menschen treibt!«

»Die Entscheidung, ob es besser ist dem Grafen Rede und Antwort zu stehen oder nicht, die lag allein bei dir und nicht bei mir! Du hattest die Möglichkeit, dich für das eine oder andere zu entscheiden. Also gib mir nicht die Schuld für deinen Fehler!«, dabei drückte sie etwas fester auf seinem Brustkorb herum, so das Baran zusammenzuckte.

»Verdammt Frau, das tut weh!«, beschwerte er sich und warf ihr einen vorwurfsvollen Blick zu.

»Stell dich nicht so an, Baran! Es stand schon schlimmer um dich und ehrlich gesagt, es tut es auch weiterhin, wenn du deine verstockte Haltung nicht bald aufgibst.«

»Irgendwie ist die holde Scharfrichterin heute wohl nicht bei bester Laune!«, stellte er darauf trocken fest. »Ist der edle Herr Graf etwa mit ihren Diensten an mir nicht zufrieden?«

Sie hörte auf mit dem Abtasten, verteilte eine der mitgebrachten Salben auf seinem Brustkorb und der Schulter und wickelte einen neuen Verband um diese.

»Wenn du unbedingt reden willst, dann solltest du sagen, was du mit dem Grafen oder hier in der Feste schändliches vorhattest, sonst fängst du dir vielleicht noch weitere solche Verletzungen von mir ein, sollte der Graf das wünschen! Jeder Gesetzesbruch ist ein Verstoß gegen die gottgewollte Ordnung, die durch Sühnen wiederhergestellt werden sollte.«

»In Gottes Namen, sagt Ihr! Ich denke mir eher, dass Euch das Spaß machen würde verschiedene weitere grausame Dinge an mir ausführen zu können! Ihr scheint mir das Quälen zu lieben. Was wird es das nächste Mal denn sein: Daumenschrauben, glühende Zangen, Auspeitschen oder eine nette Wasserfolter? Ihr seid ein sadistisches Frauenzimmer, das sich am Leiden anderer ergötzt, denn sonst würdet Ihr dem Grafen diesen Dienst verweigern!«

Sie holte tief Luft, bevor sie ihm wütend entgegnete: »Baran, hüte deine Zunge!«

»Was, wenn nicht! Schneidet Ihr oder reist Ihr sie mir dann bis zur Wurzel heraus, nur weil ich Euch vor Augen halte, wie verwerflich Euer Beruf und Euer Tun an den Menschen ist?«

»Es gibt Momente im Leben, da muss man sich für einen Weg entscheiden, Baran. Doch es gibt auch Wege im Leben, da kann man sich seiner Geburt wegen eben nicht anders entscheiden. Ich bin als Tochter eines Scharfrichters geboren und gelte somit schon alleine deswegen als *unehrlich*. Ich besaß somit keine Möglichkeit, in einem *ehrlichen* Handwerk oder als Magd aufgenommen zu werden. Meine Mutter starb als ich noch ein kleines Mädchen war, mein Vater ist vor mehr als zwei Jahren gestorben und jetzt bin ich als seine Erbin, da er keinen Sohn hatte, die Scharfrichterin des Grafen. Es gibt und gab keinen anderen Weg für mich! Du aber hattest die Möglichkeit, dich mit all den dir gegebenen Bürgerrechten zu entscheiden, in dem was du aus deinem Leben machst. Du selbst hast dich somit entschieden, für das, was du tust oder getan hast!« Zorn funkelte in ihren eisblauen Augen. »Oder hast du vergessen, dass du der Straftäter bist, nicht ich! Es obliegt dir zu reden und mir, wenn du dies nicht tust, einen wie dich zum Reden zu bringen. Es ist des Grafen uneingeschränktes Recht, ein Urteil über dich zu fällen und das meine, dieses Urteil auf seine Entscheidung hin, in die Tat umzusetzen. Dabei ist es gleichgültig, ob mir das Spaß macht oder nicht, denn ich bin die Nachrichterin, die sein Urteil ausführen muss! Glaube mir, man fühlt sich nach einer Hinrichtung mehr als miserabel, selbst wenn sie Fehlerfrei verlaufen ist. Der Vollziehende zu sein ist immer noch etwas anderes als der Zuschauende zu sein. Viele meiner Kollegen ertränkten ihre Gewissensbisse, wenn nicht zuvor schon, dann im Anschluss einer Richtung im Alkohol.«

Die aufgeflackerte Wut auf sie, als seine Peinigerin, war aus Barans Augen verschwunden. Es machte ihn traurig, was sie sagte, denn er erkannte, dass diese Frau wohl mit ihrem Leben nicht glücklich sein konnte. Auch wurde ihm mit einem Mal bewusst, dass es wohl für sie niemals einen anderen Weg gegeben hatte.

»Weißt du, Baran, ich habe schon früh festgestellt, dass meine Familie und ich nur geschätzt wurden, wenn wir eben diese blutige Arbeit verrichtet haben. Als Kind hätte ich gerne einmal auch ein Lächeln auf den Lippen der Dorfbewohner für mich gesehen, so wie man es den anderen Kindern zukommen ließ. So viele Dinge, die ein Lächeln verkörpert, sogar wenn es heimtückisch eingesetzt wird, sind nicht so grausam, wie die ängstlichen Gesichter und die abwertenden Blicke, die man mir damals – so wie auch heute immer wieder zuwirft. Ein Lächeln dieser Menschen ist alles, was zu bekommen ich mir jahrelang gewünscht habe. Jetzt ist meine Seele zum Schutz hinter einer Mauer verborgen und niemand tut mir mit seiner Verachtung noch weh. Nicht mal du!«, fauchte sie ihn an. »Ich bin zufrieden mit dem, was ich bin. Die paar Verletzungen und Narben auf meiner Seele, wenn ich einen Täter aus dem Leben zum Tode bringe, was sind diese schon gegen die der Sklaverei, in die ich geboren worden bin. Ich habe anfangs versucht, mich dagegen aufzulehnen, gegen das, als was ich geboren bin. Aber es hat mir nur gezeigt, wie sinnlos dieses Unterfangen war und welch unnötige Schmerzen es bereitet. Wenn ich jedoch tat, was man von mir verlangte, dann tat man mir nicht mit Verachtung weh. Der Mensch vergisst schnell, er vergisst viel. Ich habe keine Ahnung, ob ich mein Handeln jemals bereuen werde. Ich möchte es auch nicht wissen. Doch du bist der, der es bald wissen wird!« Daraufhin drehte sie sich um, verließ seine Kerkerzelle und warf die Tür hinter sich zu.

»Wache! Einschließen!«, hörte er ihre Stimme und dann nur noch das Verriegeln des Schlosses.

Lidwina schloss am Fuße der Treppe einen Augenblick die Augen, um sich Zeit zur Selbstbeherrschung zu lassen.

»Der Kerl bringt mich doch wahrhaft immer wieder aus der Fassung!« murmelte sie bei sich. »Ich muss unbedingt meine Diensttätigkeit von meinem Mitleid gegenüber dem Gefangenen trennen.«

Kurz darauf machte sie sich auf den Weg zu ihrem Haus.

Eine Stunde später, stand sie im Vorgarten vor ihrem Häuschen und hackte mit einer Zweizinkenharke fluchend im Gemüsebeet herum. »Da ist endlich einmal ein Mensch, mit dem man reden, ja sogar auch streiten kann und dann muss er ein eingekerkerter Lump sein!«

Ihr Wolf saß auf dem Weg und neigte mehrfach den Kopf zur Seite, gab dabei ab und zu ein leises knurrendes Geräusch von sich, da er ihre Aufgebrachtheit aus dem Klang ihrer Stimme heraus interpretierte.

Lidwina hielt in ihrer Arbeit und dem Schimpfen inne. Sie musste bei dem Gedanken: *Vielleicht denkt sich Gott was dabei, jedem seinen Platz zuzuweisen,* lachten. »Du bist der Einzige, der weiß was in mir vorgeht und mich wirklich versteht!« flüsterte sie, trat zu ihrem Wolf und kraulte ihn hinter den Ohren.

Da lag er nun, im Kerker der Feste von Lumbach und tausend Gedanken gingen ihm durch den Kopf.

Was sie wohl noch alles mit ihm machen würden, bis es mit ihm zu Ende ging? Aber vor allem, würde Lidwina wiederkommen, mit ihm reden, jetzt wo er sich ihr gegenüber so geäußert hatte und wenn, was würde geschehen? Kam sie dann nur als Scharfrichterin?

Die letzten Tage hatten ihre Schrecken, trotz seiner misslichen Lage und der Schmerzen, nach der Folter auf der Streckbank, verloren, dies jedoch nur weil Lidwina in seiner Nähe war. Es war ein wunderschönes Gefühl, wenn sie beim Verarzten seinen Körper berührte. Jedes Mal hatte sich ein leichtes Kribbeln in seinem Körper breitgemacht, dass er bis in seine Lenden gespürt hatte. Sie gab ihm ein unverständliches Gefühl der Geborgenheit und ihr Lächeln ließ sein Herz tanzen. Es war verrückt! Vielleicht lag es aber auch daran, dass er keine Kenntnis mehr besaß, ob es draußen vor diesen dicken Mauern Tag oder Nacht war. Dennoch fühlte er sich, wenn sie anwesend war, seltsam frei. Ihre blauen Augen kamen ihm vor wie der Himmel und deren Licht erhellte seine betrübte Seele.

Hier bestimmte jedoch der Graf über sein Leben. Wann und ob er wieder das Tageslicht sehen würde, oblagen ihm, dem Herrn der Grafschaft und wenn, dann war es wohl der Tag, an dem man öffentlich das Urteil an ihm vollstreckte. Lidwina hatte auch keinen Hehl daraus gemacht, dass er dann durch ihre Hand seinen letzten Atemzug machen würde. Würde der Graf ihn zum Tode verurteilen. Wann war sein Leben nur so schiefgelaufen?

Der schreckliche Traum

Baran hatte sie mit seinen Worten verletzt. Er war nach langer Zeit der erste Mensch, dem das wieder einmal gelungen war.

Lidwina lag am gleichen späten Abend in ihrem kleinen dunklen Schlafraum in ihrer Hütte und hatte so lange gegrübelt, bis sie eingeschlafen war. Sie war um Mitternacht schweißgebadet aus einem schrecklichen Traum erwacht.

Blut war in Strömen von den Wänden der Folterkammer getropft und über den Boden geflossen. Sie hatte sich gesehen, wie sie langsam die Kurbel der Streckbank gedreht hatte und wie die Seile jemanden an Beinen und Armen in die Länge zogen. Dann eine Zange, ein Schrei, ein herzerweichender Schrei! Der Mann, der auf der Folterbank lag, hatte den Kopf zu ihr gedreht und blutige Tränen waren aus braunen, weit aufgerissenen Augen geronnen, während diese sie flehentlich angesehen hatten. Auf einem Tisch hatten Messer und Zangen gelegen, alle Folterwerkzeuge voller Blut.

Lidwina wusste, was Schmerz bedeutete, aber auch, wie man Schmerz zufügte.

Bitte, nicht weiter!, hatte der Mann sie angefleht. *Es tut mir leid.* Es war Baran gewesen!

Da ertönte aus mehreren Kehlen lautes Gelächter. Es kam von zuschauenden Dorfbewohnern die sich über das, was sie Baran antat, erheiterten – die sie sogar Beifall bekundend anfeuerten weiter zu machen – lachten, johlten.

Lidwina war von diesen grausamen Bildern aufgewacht. Rage lag neben ihr auf dem Bett und leckte ihr mit der feuchten Zunge über das erhitzte Gesicht. Dadurch hatte er sie wohl aus ihrem Alptraum befreit.

Sie schlang ihre Arme um den Hals ihres Wolfes, drückte ihr Gesicht in sein Fell, dann begannen die ersten bitteren Tränen der Verzweiflung zu fließen.

»Ich kann ihn doch nicht töten, nicht ihn!? Oh Gott, was

verlangst du mir da ab, nur um an meinem Dienstherrn, meinen ihm gegebenen Eid zu erfüllen?« Sie seufzte. Natürlich hatte Baran schon alleine mit dem Eindringen in die Räume des Grafen eine Straftat begangen. Gut, die hätte man ihn durch Auspeitschen sühnen lassen können, wenn er einen missglückten Diebstahlversuch eingeräumt hätte. Ihr Dienstherr war ein gütiger und gnädiger Mann. Doch da war das Messer gewesen. Sie glaubte jedoch nicht, dass Baran ein gedungener Mörder war. Aber warum sprach er nicht. Was hatte er zu verbergen?

Nachdem sie sich halbwegs von dem Schrecken des Alptraums gefangen hatte, war sie aufgestanden und hatte ein spärliches Frühstück eingenommen.

Lidwina sah in ihrer reinlichen Hütte zum dem wandhohen Regal aus Kirschholz hin, in dem sie ihre Kräutermischungen, Kräuter Öle, Salben und Tinkturen aufbewahrte. Sie brauchte, vor allem noch Heilmittel für den Winter, wenn die Leute unter Husten, Auswurf und Fieber litten.

So machte sie sich kurz darauf auf den Weg in den Wald.

Benedikt wartete schon an der großen Eiche auf sie.

»Heute stimmt etwas nicht mit dir, Lidwina! Deine Gedanken sind ganz woanders!«, stellte Ben trocken beim Einsammeln einiger Wurmfarnblätter fest. »Das, was du gerade eben mit deinen Füßen niedergetreten hast, ist oder besser war das Lungenkraut, dass du so dringend benötigt hast«, merkte er auch sogleich an, als sie ihn fragend ansah. »Du siehst auch aus, als hättest du tagelang nicht geschlafen, oder als sei dir der Geist eines Wiedergängers begegnet.«

»In etwa so, wie du damals am Galgenbaum, als ich dich befreit habe?«, versuchte sie zu scherzen.

»Nicht mal gute Scherze gelingen dir heute!«, bekam sie von Ben zur Antwort. »Also, sag mir lieber, was los ist!«

»Ben, hast du eine Ahnung, was es bedeutet, wenn ein

Scharfrichter von denen und deren Folter träumt, die er vielleicht auch hinrichten muss!«

Benedikt schüttelte den Kopf. »Da müsstest du wohl besser jemanden fragen, der sich mit Traumdeutung auskennt. War es so schlimm?«, fragte er. »Hatte es etwa was mit diesem Baran im Kerker zu tun?«

»Ja Ben, ich glaube, ich habe einen großen, unverzeihlichen Fehler begangen! Ich mag ihn wohl zu sehr und das darf einem Scharfrichter bei einem Gefangenen einfach nicht passieren!«

»Lidwina, ich glaube, das ist mehr als nur mögen. Das ist gewiss dramatisch und der Traum spiegelt vielleicht einfach deine Ängste und deine Gefühle wider, da seine Zeit abläuft und du im Unterbewusstsein weißt, dass du schnell zur Tat schreiten musst, bevor es zu spät ist. Ich denke, du hast dich in diesen Baran verliebt!?«

»Verliebt? Ich doch nicht, Ben!«, sie lachte, wurde dann aber sofort wieder ernst: »Oder doch? Bei Gott Ben, ich werde in hinrichten müssen, wenn der Graf es fordert! Ich werde ihn weiter foltern und zu Tode bringen müssen, wenn er nicht endlich auspackt! Das kann ich nicht!« Stumm verfluchte sie den Grafen.

Ben verstand sie würde ihn zu gerne retten. Er schwieg eine Weile, dann hellte sich sein besorgtes Gesicht ein wenig auf. Er lächelte vor sich hin sinnend, als er meinte: »Lidwina, kennst du den Erlass? Ich meine den, in dem geschrieben steht, dass ein Scharfrichter einen zum Tode verurteilten Gefangenen vom Ankläger freibitten kann?«

»Nein …! Oder doch? Ich glaube so etwas von meinem Vater berichtet bekommen zu haben! Aber gilt dieses Freibitten nicht nur für einen Scharfrichter, der eine Frau braucht?«, überlegte sie laut.

»Was will eine Scharfrichterin wie du, mit einer Frau, Lidwina?«, gab Ben ihr mit einem Schmunzeln zu bedenken. »Ein Kerl muss in dein Haus, um auch die Familie für weitere Scharfrichter herzustellen! Du musst Kinder bekommen.« Nach diesen Worten grinste er über beide Ohren. »Geh zum Grafen, Lidwina. Er will dich heute am späten Nachmittag sowieso sehen, denn dies soll ich dir ausrichten. Ich glaube, er will mit dir über den Gefangenen und auch den Tag der Vollstreckung eines Urteils reden, wenn der Kerl nicht endlich spricht. Sprich mit ihm! Du weißt, er ist ein gütiger Mann!«

»Ich hoffe, du hast recht, Ben. Aber ich muss gestehen, ich habe das erste Mal seit Jahren wieder Angst!«

Stumm hatte sie versucht ein Gebet zu sprechen, doch es tröstete sie in keiner Weise.

Der alte Graf und seine Rache

Lidwina hatte über Benedikt den Befehl erhalten, zu ihm zu kommen. Leise und mit bangem Herzen klopfte sie an die Tür des Arbeitszimmers ihres Dienstherrn, denn die Wache der Feste hatte sie nach oben in das Haupthaus des Grafen geschickt.

Sie öffnete nach einem *Tretet nur ein,* die schwere und edel verzierte Holztür.

»Ihr habt mich rufen lassen, mein Herr?«

Der alte Graf saß wie so oft an seinem Arbeitstisch. Unzählige Pergamente, welche sich auf diesem angehäuft hatten, lagen auf der massiven Tischplatte. Er legte das Pergament, dass er gerade in den Händen hielt, beiseite und richtete seinen Blick direkt auf Lidwina. »Eure Aufgabe war es herauszufinden, was dieser Kerl unten im Kerker vorhatte. Ist Euch dies ohne ein weiteres peinliches Verhör vielleicht gelungen, Lidwina?«

»Nein, mein Herr, bis jetzt noch nicht! Der Gefangene ist leider ziemlich halsstarrig!«, musste sie zugeben.

Graf Raimond sah sie mit leicht zusammengekniffenen Augen an. »Leider!?«

»Ich meinte… Nein!«

»Uns fällt auf, dass es Euch heute deutlich schwerfällt, zu reden und Traurigkeit in Eurer Stimme mitklingt«, meinte der Graf auf einmal. »Hat dies einen Grund?«

Lidwina wagte es nicht, den Grafen anzusehen, als sie ihm antwortete: »Meine Respektlosigkeit ob der Frage Euch nicht gleich darauf zu antworten, und der Frage, die ich jetzt dafür an Euch habe, ist wahrscheinlich unverzeihlich, doch …« Lidwina brach mitten im Satz ab.

»Redet weiter, Lidwina! Erst dann kann ich beurteilen, ob meine Scharfrichterin mir gegenüber wirklich respektlos ist, oder nicht!«

»Graf Raimond, mir ist zu Ohren gekommen, dass es einen Erlass, *die Freibitte,* zum Freikauf von zu Tode verurteilten Gefangenen gibt! In wieweit findet dieser Erlass Anwendung in Eurer Grafschaft?«

Der Graf sah sie an, überlegte kurz und antwortete: »Wenn ein Scharfrichter keine Frau aus anderen Scharfrichterfamilien oder anderen, als unehrlich geltenden Familien ehelichen kann, so besteht die Möglichkeit für diesen, eine Gefangene dafür vom Dienstherrn oder Ankläger freizubitten! Auch ist schon im altgermanischen Recht verbrieft, das wenn eine Jungfrau erklärte, sie wolle einen zu Tode verurteilten ehelichen, so war dieser vom Tode gerettet, wenn dieser bereit war die Ehe mit der Jungfer einzugehen.« Der Graf stutzte einen Augenblick als Lidwinas Gesichtsausdruck sich ein wenig erhellte. »Aber warum fragt Ihr danach?« Er erhob sich aus seinem Stuhl. Im nächsten Augenblick weiteten sich seine Augen auf einmal verstehend, während er sich Lidwina langsam näherte. Er blieb direkt vor ihr stehen und sah sie forschend an. Doch kaum ein paar Sekunden später, fing der Graf an zu lachen und stieß dabei hervor: »Ihr habt also entweder Mitleid mit diesem Baran oder Ihr habt Euch sogar in diesen Burschen verguckt! Meine Wachen haben also recht. Sein Tod wäre Eurer Meinung nach Verschwendung! Ihr wollt ihn retten, deshalb stellt Ihr mir diese Frage, Lidwina!« Er wurde wieder ernst und meinte mit leisem vorwurfsvollem Ton und einem tiefen Blick in ihre schönen Augen: »Ihr wollt Ihn also von mir freibitten, denn Ihr seid eine Scharfrichterin, eine unverehelicht geltende Frau, so glaubt Ihr das Recht auf einen männlichen Gefangenen von mir einfordern zu können?«

Lidwina senkte die Augen zu Boden und nickte sachte.

Der Graf stieß einen unwilligen Seufzer aus, bevor er weiter sprach, »Nun, dies steht Euch tatsächlich zu! Doch bedenkt, Euer Vorschlag, welcher ihm das Leben retten könnte, dieser würde ihn zu einem Mann ohne Ehre machen, der all seine Bürgerrechte abtreten müsste, den man dann wie Abschaum behandeln würde. Lidwina, Ihr kennt die Härte eines solchen Lebens und das schon seit Eurer Geburt. Auch wenn ich Euch in meinen Augen für klug, gebildet und vor allem wegen gerade dieser Umstände als sehr tapfer ansehe, das Volk will schon mit Euresgleichen nichts zu tun haben. Was meint Ihr, was es dann von so einem Menschen hält, der vor Ihrem Lehnsherrn in Ungnade gefallen ist, da er Verbrechen begeht und von Euch vom Galgen losgekauft wurde?«

Es war dem Grafen klar, dass er die nötige Macht besaß, um sich direkt an dem Kerl im Kerker zu rächen und ihr abzuverlangen, das Gesetz, sein Gesetz, das ihn zu Tode bringen würde, zu vollstrecken. Es musste nicht mal eine öffentliche Hinrichtung sein, denn es gab Verhörtoturen, die zum Tode eines Verstockten führten. Es oblag letztendlich ihm, ihrer Freibitte nachzukommen oder auch nicht. Aber seine Henkerin hatte sich anscheinend in den Kopf gesetzt diesen Halunken Baran zu retten. Er traute Lidwina darüber hinaus eine gewisse Feinfühligkeit und die Fähigkeit zu, um beurteilen zu können, wie ein Mensch war, ob gänzlich böse oder nur fehlgeleitet und mit einem guten Herzen. Er war sich selbst nicht sicher, ob Baran nur ein Dieb war, der eben zu seinem Eigenschutz einen Dolch bei sich geführt hatte, oder ob er, wie er zuerst befürchtete, ein Meuchelmörder war, der ihn ohne weiteres getötet hätte, hätte er die Möglichkeit dazu gehabt.

Der Graf, war ein Mann, der nicht immer nur das Schlechte in den Menschen sehen wollte, sondern eben auch an das Gute in deren Herzen zu glauben versuchte. Doch wenn er sich auf ihre Bitte – die eigentlich eine Forderung war einließ, sollte auch Lidwina ihre kleine Lektion dabei bekommen. Seine Scharfrichterin hatte sich nicht einfach in einen Gefangenen zu verlieben, denn sie hätte gewiss andere Möglichkeiten gehabt an einem Mann zu kommen. Scharfrichter Familien mit heiratsfähigen Söhnen gab es genug.

»Glaubt Ihr denn, er könnte damit leben?«, fragt der Graf

und sah Lidwina dabei tief in ihre eisblauen Augen.

Als Lidwina ihn daraufhin nur fragend ansah, sprach er weiter: »So sehr es mich auch reizt, diesem Kerl die Konsequenzen für seine Tat aufzuzeigen, so ist es mir eine Freude zu sehen, wie Ihr den Gefangen mit dem *am Leben zu lassen* zu demütigen gedenkt, Lidwina! Aber ich will meine Genugtuung vor dem Volke haben! Womöglich, das mag sein, sagt er aber auch unter dem Strick am Galgenbaum zu einem solchen Angebot nein. Es gab schon ein paar dieser Fälle, bei denen die Täterrinnen den Tod als ehrenhafter vorzogen, als ein solches Leben der Unehrlichkeit zu führen. Lehnt dieser Baran also ab, nun, dann verlange ich von meiner Scharfrichterin, dass Ihr ihn ohne jeden Widerspruch erhängt. Haben wir uns da verstanden?«

Sie nickte. Was hätte sie auch sonst tun sollen.

»Auch wird kein Wort von unserem kleinen Abkommen aus diesen vier Wänden dringen. Haben wir uns auch in diesem Punkt verstanden, Lidwina?«

»Ja, mein Herr!«, dabei verbeugte sie sich.

»Gut, lasst den Halunken im Glauben, dass es kein Entkommen vor dem Erhängungstod gibt! In fünf Tagen wird er von Euch zum Galgenbaum gebracht!«

»Herr, nicht zum Galgen auf dem Marktplatz?«, fragte sie verwundert.

»Mädchen, für dieses Possenspiel ist mir der Galgen wirklich zu schade! Eine Aufgabe wartet heute jedoch auch noch auf Euch, eine weitere morgen. Ihr werdet die Bekanntmachung, wann das Urteil vollzogen wird, anfertigen und diese dann morgen im Dorf aushängen. Unten im Kerker wartet gleich noch die zweite Aufgabe auf Euch. Ihr werdet mir an diesem Baran, als gerechte Strafe für Eure Torheit, noch heute im Befragungsraum einer weiteren Peinbefragung unterziehen!«

»Aber Graf Raimond!«, sagte sie erschrocken und sah den Grafen dabei entsetzt an.

»Nichts aber! Scharfrichterin, ich verlange von Euch Gehorsam, denn ich kann Euch Euren Fehl nicht durchgehen lassen. Ihr habt beide Strafe verdient. Die Befragung nach seiner Absicht, die reicht mir unter einer Kitzelfolter jedoch völlig aus. Vielleicht redet er doch noch! Sollte er gestehen, ist es Euch gestattet, diese Prozedur sofort zu beenden. Redet er wieder nicht, so werdet Ihr solange fortfahren, bis es nicht mehr anders geht, als aufzuhören!«

»Aber Herr …«, erschrocken zog sie den Atem ein.

Der Graf sah sie sehr streng an. »Lidwina, sollte ich bemerken, dass Ihr diesen meinen Befehl nur halbherzig und nicht mit der Euch sonst bekannten Sorgfältigkeit an ihm ausführt, dann lasse ich ihn ans Pendel hängen und von meinen Wachmännern auspeitschen. Nun geht! Ich werde in Kürze dazu kommen.«

Sie stand immer noch da.

»Geht schon, bevor ich mir doch noch eine andere Befragungsmethode für ihn überlege! Oder mich sogar für die Möglichkeit entscheide, wegen meiner weiterhin gegen ihn bestehenden Schuldvermutung einen anderen Scharfrichter zu bestellen, der ihn bei weiterer Verstocktheit hinrichtet.«

Es war lange her, dass Jemand so von oben herab mit ihr gesprochen hatte. Lidwina holte tief Luft, um nicht die Haltung zu verlieren. »Wie Ihr befehlt, mein Herr! Ich werde dem Befehl nachkommen, welchen mein furchtbares Amt mir zur Pflicht macht«, sagte sie traurig und verließ das Arbeitszimmer ihres Dienstherrn.

Sie hatte die schwere Tür kaum hinter sich geschlossen, da seufzte der Graf vernehmlich. Was war nur in diese pflichtbewusste, respektvolle und kreuzbrave junge Frau gefahren? Wie konnte sie nur so in einen Mann wie dieser Baran vernarrt sein, dass sie ihn ihren Dienstherrn und sich, in solche Schwierigkeiten gebracht hatte? Sie sollte die Untersuchung leiten, ob der Unhold, dem man so Schlimmes zutrauen muss, ihm ans Leben gewollt hatte und sich nicht in ihn verlieben. Wüsste er nichts, dass es für sie schwierig war einen Mann zu finden, da es ihr nicht möglich war, einen *ehrlichen* Mann zu ehelichen und um diese Tollheiten, die man Liebe nannte, so hätte er wohl keinerlei Verständnis für sie aufgebracht. Doch er verstand ihren Wunsch wohl, denn nach dem Verlust des Vaters, nachdem schon ihre Mutter so früh von ihr gegangen war, war sie einem einsamen Leben überlassen. Aber ungestraft wollte er die beiden auch nicht davonkommen lassen.

Nichts zu Lachen!

Baran saß reglos auf dem Schemel in seinem Kerker und blickte starr zu Boden. Seine Augen waren voller Schmerz und seinen Mund umspielte ein verbitterter Zug. *Was hatte er da nur getan? Jetzt würde sie ihn auch noch hassen!* Doch als er das leise Klappern der Schlüssel hörte, setzte er sich gerade und drückte den Rücken trotzig durch.

Die Tür seiner Kerkerzelle wurde geöffnet und ein Wächter geriet in sein Blickfeld.

Der etwas ältere Mann wirkte bedrohlich in seiner Wachuniform. Das schimmernde Schwert, das er an seiner Hüfte trug, zeigte, dass er es auch einsetzen würde, sollte es nötig werden.

Der Wärter hatte jedoch nichts Übles im Sinn, er hatte Barans nachdenkliches Gesicht durch die kleine Luke in der Zellentür gesehen und unerwartet freundlich sagte er: »Du solltest vielleicht doch reden, Junge! Es könnte dir so manches ersparen und erleichtern. Der Graf, wenn auch geduldig, wird nicht mehr lange mit der nächsten Befragung warten lassen und wenn du nicht redest, so wird man dir erneut zu Leibe gehen lassen. Was nutzt es also, wenn du weiterhin trotzig leugnest?«

»Es ist doch überflüssig, der Sache eine Erklärung hinzuzufügen, die sich durch mein Eindringen in die Räume des Grafen ihm von selbst aufdrängt.«

» Wie kann man nur so dumm sein! Du solltest dir das mit dem Reden doch noch einmal überlegen!«

Benedikt hatte schon eine Weile auf Lidwina im Vorhof der Feste gewartet.

»Und?«, fragte er, »Was erreicht?«

Lidwina seufzte: »Oh Gott, Benedikt! Wir müssen ihn noch einmal befragen. Wenn er nicht redet und sagt, was er vorhatte, dann muss ich ihn einer weiteren Folter unterziehen!«

»Was für eine Folter hat der Graf vorgesehen?«

»Kitzelfolter!«

»Und sonst!«, hakte Benedikt mit einem leichten Grinsen nach.

»Das kann und darf ich dir nicht sagen! Tut mir leid!«, Lidwina sah ihn dabei entschuldigend an.

»Der Graf hat das verlangt, nicht?«

Lidwina nickte.

»Brauchst du mich da unten!«

Lidwina nickte wieder und Benedikt verstand. Er taxierte sie mit einem Seitenblick. *Meine arme Freundin*, dachte er. Ja, das war sie wirklich! Eine Freundin! Und er stellte für sich wieder einmal fest: Sie war in den letzten Jahren noch um einiges hübscher geworden. Lidwina war groß, hatte einen schlanken und straffen Körper, lange, schmale Beine und kleine, pralle und runde Brüste, die sich unter dem weißen Herrenhemd abformten, das sie trug. Ihr blondes, langes, lockiges Haar, das sie jetzt offen trug, hatte einen goldenen Schimmer.

Gedankenverloren sah Benedikt sie weiter an, als er neben ihr über den Hof eilte. Ein leichter Schauer durchrieselte seinen Körper, als er daran dachte, wie sich ein Gefangener fühlen musste, der von einer solchen Schönheit in purpurroter Scharfrichterrobe ums Leben gebracht wurde.

Der letzte Kerl, den sie hingerichtet hatte, hatte sie angestarrt und gesagt: *»Bei Gott, das ist kein Scharfrichter, das ist ein Todesengel, der mich hier mit seinem Beil köpft!«* Der Kerl hatte im wahrsten Sinne seinen Kopf gleich zweimal verloren, das erste Mal als er sie sah, das zweite Mal, als ihr Beil diesen mit einem sauberen Schlag vom Rumpf getrennt hatte.

Lidwina öffnete die Tür zur Treppe, die hinunter zum

Kerker führte. Benedikt folgte ihr auf der schmalen spärlich beleuchteten Treppe. Er seufzte, denn es war kalt, die dicken Wände ließen keine Wärme in das Kellerstockwerk des alten Turmgebäudes. Er rieb sich die Arme.

Unten angekommen, hörten sie gerade eine Stimme sagen: »Wie kann man nur so dumm sein! Du solltest dir das mit dem Reden doch noch einmal überlegen!« Sie erkannten die Stimme als die des Wachmanns Severin.

»Das wäre besser und auch durchaus vernünftig!«, sagte Lidwina.

Mit großen Augen sah Severin sie an, dann fing er sich auch gleich wieder. »Scharfrichterin!«, grüßte er und ging etwas auf Abstand.

»Severin, der Gefangene Baran wird einem weiteren Verhör unterzogen. Der Graf wird später noch herunterkommen. Ihr und Benedikt werdet mir bei der Befragung zur Hand gehen. Löst ihn von der Fußfessel und führt den Starrhals in den Verhörraum.« Sie sah Baran an. »Oder gedenkst du hier und jetzt zu gestehen?«

Er schüttelte verneinend den Kopf.

Als sich die Türe hinter den Vieren schloss, brannten in dem Folterraum mehrere Fackeln und tauchten den Raum in ein geisterhaftes Licht. Es war jedoch zu düster, um alle Einzelheiten preiszugeben, aber hell genug, um doch einige der Folterinstrumente, die sich in der Nähe befanden, zu erkennen.

Baran war in eine Art schweigsame Starre verfallen und hatte sich einfach ohne jede Gegenwehr von Benedikt aus seinem Kerker in die Folterkammer führen lassen. Er hatte die ganze Zeit nur Lidwina wie abwesend angestarrt, während sie die Vorbereitungen zur erneuten Befragung tätigte. Als dann seine Gedanken langsam wieder zu funktionieren begannen, lag er auch schon an Händen und Füssen gefesselt, ohne Hemd auf einer Holzbank. Breite Gelenkfesseln aus Leder hielten seine über den Kopf ausgestreckten Arme und seine Beine bewegungslos an der seltsamen anmutenden Gerätschaft fest, wobei die Füße bis zu den Knöcheln über das Holz hinausragten.

»Erneut willkommen in der Welt der Befragung, Beschuldigter Baran!«, sagte Lidwina mit rauer Stimme. »Da der Herr ja so scharf darauf ist, keine Auskunft über sein Vorhaben preis zu geben. Der Graf es dennoch gern zu erfahren wünscht was du beabsichtigt hast, haben wir beschlossen, dich einer weiteren kleinen Befragung zu unterziehen!«

»Was habt Ihr diesmal mit mir vor Schinderin?«, fragte Baran mit entsetztem und gleichzeitig verwirrtem Blick auf Lidwina, da sie gerade eine Feder in die Hand nahm. Sie wirkte auf einmal sehr blass auf ihn, als sie erklärte: »Dieses kleine Werkzeug hier in meiner Hand, ist eine raffinierte Methode, um dich leiden zu lassen, ohne dich zu verletzten, solltest du jetzt den Mund wieder nicht aufmachen ...« Dabei hielt sie ihm die Feder unter die Nase, und man sah wie die Feder in ihrer sonst so ruhigen Hand zitterte, »so wirst du Bekanntschaft damit machen!« Als sie seine Nase mit der Federspitze berührte, hielt er einen Augenblick die Luft an, um sich dann in einem heftigen Niesen zu entladen.

»Wie ich sehe muss man nicht mal die Feder in deine Nase stecken, um deinen Niesreflex auszulösen.«

Baran wollte seiner Empörung gerade Luft machen, doch er noss erneut.

»Ausgedehnte Niesanfälle können recht anstrengend sein und dazu führen, dass du dich vor Unbehagen windest«, erklärte sie ihm.

»Das ist eine Gemeinheit was Ihr mit mir macht!«

»Aber irgendwo muss man ja bei so viel Starrsinn anfangen, wenn es nicht gleich blutig zugehen soll«, sagte sie. »Sei kein Narr«, setzte sie leise und selbst für ihn kaum hörbar nach.

Baran merkte jetzt erst, dass seine Füße sich nackt anfühlten. Benedikt hatte ihm gerade die Stiefel samt den Strümpfen von den Füßen gezogen.

»Also, was hast du uns zu sagen Baran? Wir hören!«

»Vergesst es, Scharfrichterin!«, knurrte er. »Ich hoffe, Ihr habt Euren Spaß!«

»Du bist ein wirklicher Dummkopf, Junge!«, entfuhr es Severin. »Spaß werden wir haben, denn dir werden wir schon bald zeigen wie lustig wir wirklich sind. Du wirst dich heute gewiss totlachen!«

»Hat der Kerl endlich geredet?«, fragte der Graf, der den Verhörraum gerade betrat.

»Nein, mein Herr! Er ist ein verstockter, sturer und uneinsichtiger Dummkopf!«, entfuhr es Lidwina.

Die Brauen des Grafen zogen sich zusammen. »Nun denn!«, er trat an Baran heran. »Zum Teufel Kerl, ich will den Grund wissen«, stieß er mit düsterem Ton hervor. »Da der Delinquent nicht bereit zu einem Geständnis ist macht mit der Befragung weiter. Setzt dazu jene Befragungsmarter ein, die ich mit Euch besprochen und bei seinem weiteren Schweigen zur Wahrheitsfindung angeordnet habe.«

Langsam, sehr langsam, senkte sich die Feder auf seinen vor Tagen geschändeten Brustkorb herab.

Lidwinas und Barans Blicke trafen sich. Er sah, dass sich in ihren Augen keine Freude oder Genugtuung darüber spiegelte. Sie sahen eher traurig, ja fast verzweifelt aus.

Nach einigen sanften Streichen mit der Feder über seinen Brustkorb, versuchte Baran kurz darauf verzweifelt, ein aufkommendes Lachen zu unterdrücken, doch er konnte sich nicht lang zurückhalten, sodass er bald in lautes Lachen ausbrach und versuchte sich der Attacke zu entziehen, soweit es seine Fesselung zuließ. Er gluckste und lachte die ganze Zeit. Als sie dann auch noch seine Achseln malträtierte, zog er panisch an den Fesseln und sein Lachen wurde fast hysterisch. Seine Bauchmuskeln bebten, was ihm noch zusätzliche Schmerzen bereitete, da sein geschändeter Brustkorb noch nicht ganz geheilt war und die immer noch überempfindlichen Nervenenden so aufs Neue überreizt wurden. Er hatte das Gefühl, er müsste platzen. Auf dem dann folgenden ersten schrillen Aufschrei wurde durch weitere Federstreiche ein gequältes »Haahahahahahaha *aaaaah auuuuuu!*«

Baran rang angstvoll nach Luft, die ihm unter der Qual immer öfter ausblieb.

Der Graf trat erneut an die Bank heran, auf der Baran bereits mit schweißnassen Haaren und Körper lag: »Das ist eine ganz besondere Folter, nicht wahr?«, merkte er an und sah dabei Baran tief in die Augen. »Redest du jetzt endlich?«

Baran schüttelte seinen von Schweiß bedeckten Kopf.

»Dann macht weiter, Lidwina!«

Es kostete sie ihre gesamte Willenskraft dem Befehl ihres Dienstherrn zu entsprechen, ohne eine Gefühlsregung zu zeigen, die sie verriet.

Wann auch immer Baran keine Luft mehr bekam und in Ohnmacht zu fallen drohte, gönnte man ihm eine kurze Pause, in der er auch die Chance hatte, zu reden, wenn er denn wollte. Sobald er wieder atmen konnte, musste Lidwina fortfahren ihn zu quälen, auch wenn es sie bald selbst in den Wahnsinn trieb, dies tun zu müssen.

Kurz wurde die Handlung unterbrochen, als der Graf befahl: »Benedikt, die Füße, mach mit!«

Nun konzentrierte sich das Kitzeln auf Barans Füße. Die Folter dort trieb ihn noch weitaus schneller und heftiger zum Lachen. Die Federn zeichneten kleine Kreise auf seinen empfindlichen Sohlen, bis sie schließlich an den Zehen ankamen. Zwei kräftige Hände packten zu und hielten seine Zehen in einer aufrechten Position fest, da Baran natürlich versuchte diese zusammenzukrümmen. Jede neue Berührung erzeugte einen feurigen Funkenregen in seinen braunen Augen, denn Baran hatte mittlerweile starke Schmerzen im Bereich der Lunge und der Bauchmuskeln. Er fragte sich, wieviel er von diesen Foltern aushalten konnte und vor allem wie lange er diese noch ertragen konnte?

Barans Gesicht verzog sich immer mehr und wurde immer röter, Er holte nur noch stockend Atem.

Der Graf sah wie sich in Lidwina schönen Augen Tränen, aus dem Ausdruck ihrer Angst um ihn bildeten, so gab er ihr mit der Hand ein Zeichen. Sie durfte endlich aufhören. Dann beugte er sich über Baran, der erschöpft in seiner Fesselung hing und sah ihm noch einmal tief in die Augen. »Redest du jetzt?«

Baran schüttelte fast unmerklich vor Schwäche den Kopf.

»Nun gut, wie du willst!«

Baran rechnete schon damit weiter gequält zu werden, da hörte er den Grafen sagen: »Wir beenden das jetzt hier und sehen uns in ein paar Tagen am Galgenbaum wieder. Ich verurteile dich für das erwiesene Vergehen unrechtmäßig in meine Räume eingedrungen zu sein, in der berechtigten Annahme, dass du dabei beabsichtigt hast mir Schaden zuzufügen, zum Tode durch den Strick!«

Der Graf wandte sich Lidwina zu. »Scharfrichterin, bereitet ihn dafür vor! In fünf Tagen von heute ab, werdet Ihr das Urteil an Baran wegen versuchten Diebstahls und angenommenen Mordversuchs an mir, in den späten Mittagsstunden durchführen. Sein Leichnam wird danach am Galgenbaum hängen bleiben, bis er von alleine abfällt. Verständigt das Volk per Aushang am morgigen Tag von dieser Hinrichtung!« Dann drehte sich der Graf um und verließ die Folterkammer.

Lidwina sah als Einzige das kleine, kaum sichtbare Zwinkern im linken Auge des Grafen, als er die Tür hinter sich schloss.

Zwischen Zorn und Gefühlen

Benedikt und Severin schnappten den zitternden, erschöpften, Baran, schleiften ihn mehr oder weniger in seinen Kerkerraum zurück und legten ihn auf das Bett.

Baran atmete immer noch schwer, als er Lidwinas Anwesenheit spürte. Dieses Mal rechnete er damit, Häme in ihrem schönen Gesicht zu sehen. Freude an den Qualen, die sie ihm zugefügt und die er gerade erduldet hatte. Sie jedoch hockte sich neben das Bett auf den Schemel und fing an, seinen Oberkörper mit einer Salbe einzureiben.

Er stöhnte auf. »Müsst Ihr mich noch weiter quälen, Lidwina?«

Sie gab ihm keine Antwort, vollendete aber noch etwas behutsamer ihr Werk. Es war ihr im Moment egal, was er von ihr dachte. Dies hier musste sein, um ihn vor weiteren Schmerzen zu bewahren. Sie hatte dem Grafen zugestimmt und sie würde nicht den Fehler machen, Baran etwas zu verraten. Bis zur *Hinrichtung* musste sie versuchen, einen klaren Kopf zu bewahren. Sie durfte sich auf keinen Fall von Baran, aus der gerade so hart erkämpften Ruhe bringen lassen, wenn es ihr auch schwerfiel. Sie durfte und konnte sich nicht anmerken lassen, dass sie Mitleid mit ihm und auch Angst um ihn hatte. Von ihrem Verhalten hing sein Leben ab und das wusste sie genau.

Seine braunen Augen sahen sie aus einem nun bleichen Gesicht, das kurz zuvor noch völlig errötet gewesen war an. Eine edle Reinheit und Schönheit lag in seinem, von langem, pechschwarzem Haar umrahmtem Gesicht, trotz des verzerrenden Ausdrucks, der seine Schmerzen wiederspiegelte.

»Verflucht sollst du sein, du Narr!«, schimpfte Lidwina auf einmal los. »Baran, ich frage mich, ob du dein Leben mit deinem Verhalten noch verkürzen willst?«

Er starrte sie nur an.

Mit einem Seufzer erhob sie sich, verließ den Kerker und

sperrte die Tür hinter sich ab. Erschöpft und bis ins innerste aufgewühlt lehnte sie ihre Stirn für einen Moment gegen die Tür. Dann suchte sie Severin, den sie oben bei einer Unterhaltung mit Benedikt fand.

»Severin, seht immer wieder nach ihm, bis ich wiederkomme!«, wies sie den Wachmann knapp an. »Und lasst mich rufen, wenn etwas ist! Ich bin in der Schreibstube. Benedikt du kannst heimgehen, deine Mutter wartet gewiss schon auf dich!«

Oben angekommen öffnete sie das Fenster der Stube um frische Luft in den Raum zu lassen. Sie sah zum Himmel hinauf, der Wind trieb die Wolken vor sich her. Am Horizont zogen nachtschwarze Wolken entlang und kündeten ein nahendes Gewitter an. So beschloss sie in dieser Nacht nicht nach Hause zu gehen.

Baran blinzelte, eine heiße Träne der Verzweiflung rollte über sein Gesicht und seine Hände verkrampften sich um die Decke. Er war durch ein beherztes Eingreifen zu einem Spielball des Schicksals geworden und würde, was man ihm aufgezwungen hatte, egal was er nun tat, auf alle Fälle mit seinem Leben bezahlen. Er hatte keine Kraft mehr, so schlief er ein.

»Nein…!«, schrie Baran nach einer Weile plötzlich laut und seine Muskeln spannten sich an. »Nein …!«

»Was ist los?« Severin steckte den Schlüssel ins Schloss und öffnete die Tür.

Der Wächter begriff beim Anblick des Gefangenen sofort, dass Baran einen Alptraum haben musste. Er eilte zu ihm und rüttelte ihn. »Komm schon, Junge! Was ist mit dir? Wach auf!«

Baran stöhnte. Seine Glieder zuckten und dann kam er in die reale Welt zurück. Verzweiflung und Schmerz konnte man in seinen Augen lesen.

»Baran, du solltest das bisschen Zeit, das dir noch bleibt, zur Reue nutzen und deinen Frieden machen. In ein paar Tagen erwartet dich die Vollstreckung deiner Strafe. Sag dem Grafen, was du vorhattest und getan hast. Tu es für dich Junge und auch Lidwina zur Liebe, denn spürst du nicht, du bringst sie mit deinem Schweigen in große Bedrängnis.«

Wut stieg in Baran auf! Für einen Moment war er bereit, sich gegen die Wache aufzulehnen, den Mann anzugreifen, denn dieser hatte die Tür aufstehen lassen und er hing nicht an der Fußfessel.

Baran richtete sich auf, doch dieser Zorn und seine versuchte Auflehnung wurden sofort hinweggespült von einer Welle des Schmerzes in seiner Brust. Sein Aufbegehren machte dem tiefen Gefühl der Sinnlosigkeit Platz. Er ließ sich schicksalsergeben wieder auf sein Lager zurücksinken. *Was hatte er da gerade getan? Er wollte den Wachmann angreifen und dessen Blick sagte ihm, dass dieser sich dem auch vollends bewusst war.* Baran rechnete damit, dass Severin einen seiner Kameraden rief, den Grafen sowie Lidwina verständigte und er erneut einer Folter unterzogen wurde.

»Ist schon gut, Junge!«, sagte Severin und klopfte ihm leicht und beruhigend auf die Schulter.

Lidwina stand auf einmal in der Tür. »Was ist hier los, Severin?«

Severin winkte ab. »Schon alles in Ordnung, Scharfrichterin! Er hatte nur einen Alptraum.«

»Baran, was ist mit dir?«, fragte sie besorgt nach und hätte sich dafür ohrfeigen können, doch zum Glück bemerkte er die Sorge in ihrer Stimme nicht einmal.

»Nichts ist!«, zischte Baran und warf ihr einen Blick zu, der sie eigentlich hätte töten müssen.

Lidwina musterte ihn kritisch und zog eine Augenbraue in die Höhe, als Baran meinte: »Ihr werdet Euch sicher jetzt wieder einmal um mich kümmern!«

Lidwina äußerte säuerlich: »Bestimmt werde ich das!«

Doch dann schluckte sie ihre Wut auf ihn hinunter. »Lass mich nach deinem Brustkorb sehen! Leg dich hin!«

Er quittierte ihre Forderung mit einem unwilligen Schnauben.

Sie rieb ihm den Brustkorb erneut mit der Salbe ein.

Baran betrachtete sie eine Weile dabei. Die leicht geschwungene Nase, ihre schönen Lippen faszinierten ihn und dazu der konzentrierte Gesichtsausdruck! Sie war so schön, wunderschön! Sein Blick fiel auf ihre Hände. »Sie sind so schön und können so zärtlich sein!« hauchte er, »und können einem dennoch qualvollen Schmerz bereiten!«

»Was?«, fragte sie irritiert.

»Ich meine deine Hände, Lidwina!«, sagte er leise.

»Manchmal muss man eben Prioritäten setzten!«, erwiderte sie und fing an zu grinsen.

»Macht es dir die Angelegenheit einfacher dir so etwas einzureden?«

Lidwina fuhr ihm einen Augenblick später schon federleicht und spielerisch mit einem Finger über seinen Brustkorb.

Baran verzog augenblicklich das Gesicht und schüttelte den Kopf. »Bitte nicht, es schmerzt!«

Als sie sich von ihm abwendete und Richtung Tür gehen wollte, hörte sie ihn leise fragen: »Könnte die zu mir freundliche Lidwina nicht noch etwas bleiben?«

Als sie sich ihm zuwandte, sah er sie bittend an.

Lidwina nickte, sie war eigentlich müde, aber sie wollte ihm die Bitte jetzt nicht ausschlagen. Da sie sowieso nicht wirklich nach Hause wollte, war egal ob sie später oben in der Schreibstube schlief.

Als Lidwina erwachte war sie zuerst vollkommen verwirrt, denn sie lag neben Baran auf dem schmalen Bett im Kerker.

Baran hatte sie zugedeckt und lag selbst dicht an die

Wand gedrängt auf der Decke.

Sie verfluchte ihre Dummheit, dass sie sich auf seine Bitte am vergangenen Abend eingelassen hatte. Sie hätte gehen sollen. Was sollte die Wache jetzt nur von ihr denken und vor allem der Graf, wenn dieser davon erfuhr?

Baran begann verschlafen zu murmeln: »Du warst eingeschlafen.« Er sammelte sich ein wenig und setzte sich langsam auf, als er erklärte: »Was sollte ich da machen?« Er lächelte unwiderstehlich. »Bleibst du vielleicht auch hier bei mir, bis mein Ende gekommen ist?« Bittend sah er sie dabei an und in seinen braunen Augen lag so viel Schmerz.

Sie hätte ihn am liebsten in den Arm genommen und ihm gesagt, dass er nicht sterben musste.

»Das geht nicht Baran, aber ich komme wieder!«, sagte sie. »Werde ich dann auch ein paar Antworten für den Grafen bekommen, dann wird er vielleicht Gnade … «

»Nein!«, unterbrach er sie. »Ich kann nicht!«

»Aber wieso?«

Er zögerte einen Moment, ehe er mit dem Kopf schüttelte und seine Augenlieder senkte. »Würde ich es, dann könnte ich andere in tödliche Gefahr bringen, die für meine Fehler nichts können. Mehr kann ich dir nicht sagen.«

Ein sanftes Lächeln huschte über sein Gesicht, als Lidwina ihm eine störrische Strähne seiner schwarzen Haare aus der Stirn strich. »Du bist ein unverbesserlicher Dummkopf, weißt du das! Aber ich verspreche dir, ich komme später wieder!« sagte sie leise.

Die Tür des Kerkers war verschlossen, so dass Lidwina klopfen musste.

Der Wachhabende öffnete.

»Scharfrichterin!«, grüßte dieser förmlich. »Severin lässt sich entschuldigen! Sein Dienst hat vor kurzem geendet! Er ist gerade eben Heim zu Weib und Kind!«

»Ich danke Euch, Magert, für die Ausrichtung seiner Worte!«, dann stieg sie die Treppe empor.

Severin hatte sie nicht verraten und seiner Ablösung irgendeinen fadenscheinigen Grund benannt, warum sie die Scharfrichterin noch vor Sonnenaufgang bei dem Gefangenen war.

Sie ging hinauf in die kleine Schreibstube, nahm das Pergament mit der Information über die *Hinrichtungsdaten* und machte sich dann auf den Weg, um der Verrichtung ihres Tagwerks nachzugehen.

Sie streckte sich kurz im Vorhof der Feste. So eine Gefangenenliege war wahrlich unbequem für die Knochen, ihr Rücken fühlte sich verspannt an.

Der Aushang über Barans *angeblich* stattfindende Hinrichtung, musste im Dorf am Dorfplatz ausgehängt werden, so wie es der Graf von ihr verlangt hatte. Sie wollte es so schnell wie möglich erledigen, denn schon bald würde das ganze Dorf auf den Beinen sein. Die Burgpforte war noch geschlossen, so machte sie sich auf den Weg zum Mannloch, um durch diese Schlupfpforte die Burg zu verlassen.

Die Wache stand nicht dort, so begab sie sich in die kleine Wachstube im Torhaus, entbot dem dort Wachenden einen knappen Morgengruß. Der junge müde aussehende Wächter starrte sie nur an, verließ mit schnellen Schritten die Wachstube, öffnete dann die kleine Pforte und ließ sie, da sie ihm auf den Fuß gefolgt war, hinaus.

Ein schwerer Weg

Es war das Aufgehen der Sonne, das einen wunderschönen Sommermorgen ankündigte. Die ersten wärmenden Strahlen leuchteten Lidwina beim Verlassen der Feste entgegen. In dem kleinen Ort war es noch ruhig. Lidwina war zuerst ein wenig verwundert, dann viel ihr ein – es war Sonntag.

Sie hängte die von ihr gefertigte Schrift am Marktplatz auf, als sie plötzlich Schritte hinter sich hörte. Sie kam sich schon eine Weile beobachtet vor. Jetzt stand die Person genau hinter ihr. Ruckartig drehte sie sich um. »Wer zum Teufel ...! Ach Ben, du bist es. Sag mal, kannst du dir nicht endlich einmal abgewöhnen, dich immer so von hinten an mich heranzuschleichen? Du hast mich fast zu Tode erschreckt!«

Benedikt grinste: »Wieso dich zu Tode erschrecken ...? Für solche Aufgaben bist doch du bei anderen zuständig!«

Ben grinste über das ganze Gesicht, als sie ihn gespielt beleidigt ansah.

»Na vielen Dank, Ben!«

»Ich dachte schon, dass du unsere Verabredung vergessen hast, da du die letzte Nacht nicht zu Hause, sondern wohl unten im Kerker verbracht hast.«

Lidwina fauchte ihn ertappt und etwas genervt an: »Sag mal, was soll das, Ben? Hast du nichts anderes zu tun, als den Aufpasser über mich zu spielen? Ob und wie lange ich im Kerker bei den Gefangenen verbringe, das geht wohl auch dich nichts an. Ich bin die Scharfrichterin. Ich bin auch wohl selbst alt genug, um zu wissen, was ich tue.«

Benedikt sah ihr tief in die Augen. »Im Moment bin ich mir da nicht so sicher, meine werte Lidwina. Wenn ich an diesen, wohl bemerkt einzigen Gefangenen im Kerker denke, da kommen mir schon so meine Zweifel an dem Wissen, was du zu tun hast! Außerdem wird es dem Grafen nicht sonderlich gefallen, wenn seine Scharfrichterin zu oft bei seinem Gefangenen ist und ihm Trost spendet oder ihn bemuttert!«

»Ich bemuttere Baran nicht«, antwortete sie aufgebracht. Sie sah hinauf zur Burg. Sie hatte erneut eine schwere Prüfung zu bestehen, auferlegt von dem Mann, zu dem sie, seit sie ihn kannte, emporschaute und dessen Entscheidung nun einen so großen Einfluss auf ihr weiteres Leben nahm, wie nie zuvor. Man hatte ihr die Pflicht in die Hand gegeben, dass sie nach Verurteilung den Tod austeile, nach bestem Wissen auf einen gerechten Spruch – ohne Ansehen der Person. Das Leben oben im Kerker, sein Leben, war ihr so kostbar!

Leise sagte Benedikt: »Liebe kann einen ganz schön zum Narren machen, selbst eine Scharfrichterin«, und riss sie damit aus ihren Gedanken. Sie ging über Benedikts Bemerkung einfach geflissentlich hinweg und berichtete ihm, was an diesen Tag alles für sie zu erledigen sei.

»Also heute keine Messe, obwohl du vielleicht gerade jetzt etwas göttlichen Beistand gebrauchen könntest?«

»Nein!«

Man sah auch ihn nicht gerne in der Kirche, denn die ehrenwerten Bürger sehen ihn durch die Erkrankung seiner Mutter ebenfalls als sündigen Menschen. »Dann lass uns gehen, ich helfe dir!«

Das Kapellenglöckchen rief eine Stunde später mit seinem hellen Klang zur Frühmesse, da waren die beiden längst auf der von Dorf am weitesten abgelegenen Weide.

Der Tag verging durch die Arbeit schnell. Benedikt hatte ihr obwohl Sonntag war, bei den Tieren, einer Kuh, drei Schafen und zwei Ziegen geholfen.

Nun war es mittlerweile Nachmittag und sie waren zurück in ihrem Haus. Sie hatten um den späten Mittag eine Kleinigkeit gegessen und sich dann gemeinsam um die Verarbeitung der im Wald gesammelten Heilkräuter gekümmert. Bis Lidwina auf einmal ans Fenster trat und meinte: »Ben, geh nach Hause! Es ist schon sehr spät am Nachmittag, deine Mutter wird bestimmt schon warten. Nimm die neubereitete Medizin hier für sie mit!«

Etwas irritiert sah Ben sie an. Dann hob er die Augenbrauen: »Jetzt schon? Bist du dir da sicher? Und was machst du?« Dann wurde er ernst: »Ich nehme an, sobald ich fort bin, wirst du zur Burg hinaufgehen, um einen bestimmten Gefangenen studieren und dir das Herz schwermachen!?«

»Keine Angst, Ben! Ich werde es nicht damit übertreiben!«, meinte sie etwas verlegen und dennoch lächelnd, da sie ihren Freund Ben ein wenig beruhigen wollte. Sie wusste, dass er sich wirklich um sie sorgte!

Baran schlief ruhig und fest, als sie in seinen Kerker trat.

Sie nahm sich leise den Schemel, stellte ihn an sein Bett, nahm darauf Platz und studierte seine attraktiven Gesichtszüge, die beim Schlafen entspannt wirkten. In ihre Gedanken versunken dachte sie an Bens Äußerung, *Ich nehme an, einen bestimmten Gefangenen studieren …!?*

Sie erschrak mit einem Mal, als ihr bewusst wurde, dass zwei braune Augen sie ansahen und interessiert musterten.

»Du bist schon da?« Baran richtete sich sofort auf und lächelte verschmitzt.

»Schon, ist gut!«, sagte sie leise und ihr Blick wurde ernst. »Ich bin schon eine Weile hier und jetzt wird es Zeit, ich werde nun wieder gehen.«

Als Lidwina in ihrem Haus ankam, war die Nacht schon hereingebrochen. Sie gab nachdem sie zwei Kerzen angezündet hatte, Rage etwas zu fressen und kraulte danach ihren Wolf noch eine Weile gedankenversunken hinter den Ohren, der das sichtlich genoss. Dann ging sie zu Bett.

Doch sie fand in dieser Nacht keinen Schlaf.

Traurig sah sie zum Fenster hinaus, das sich gegenüber ihrem Bett befand. Sie erinnerte sich wieder daran, wie Baran sie angesehen hatte, als sie ihm sagte, dass er nur noch einen Tag zu leben hatte. Sie hätte ihm am liebsten reinen Wein eingeschenkt, ihm alles gesagt. Aber sie hatte dem alten Grafen das Versprechen gegeben, dies eben nicht zu tun. Ihr Herz blutete. Es tat so unheimlich weh! Leere und Kälte machten sich in ihr breit. Was wäre, wenn Baran unter dem Galgenbaum ablehnen würde? Dieses Gefühl, dass er es könnte, ... die Ungewissheit, dann ihn doch erhängen zu müssen, machte ihr Angst. Die Bilder, die ihr dabei vor Augen kamen, waren grausam. Baran am Strick hängend, mit weit aufgerissenen Augen. Toten, braunen Augen, die sie vorwurfsvoll anstarrten.

Sie verbrachte fast den ganzen nächsten Tag bei ihm im Kerker.

Als sie ging, sagte Baran leise: »Wir sehen uns also morgen um die Mittagsstunde, mein hübscher Todesengel!«

Sie hatte ihn verwirrt angesehen, genickt und hatte den Raum daraufhin fast fluchtartig verlassen. Seither war sie völlig durcheinander.

Selbst Severin, der wieder Wache hatte, hatte ihren inneren Aufruhr bemerkt, als sie aus Barans Kerker gekommen war.

»Hat er Euch wieder einmal beleidigt, Scharfrichterin? Soll er dafür mit Rutenschlägen vor seiner Hinrichtung noch bestraft werden?«

Sie hatte den Wachmann schockiert angesehen. Severins Frage hatte ihr die Kehle zugeschnürt. Mühsam hatte sie nur hervorgepresst: »Ich brauche Euch morgen. Denkt an die Henkersmalzeit für Baran! Seine Seele soll gut gestimmt sein, wenn sie den letzten Weg beschreitet!« Dann hatte sie sich umgedreht, ohne ihn noch einmal anzusehen und ohne ein Wort des Abschieds. Sie hatte ihre Schritte beschleunigt und war die Treppe nach oben geeilt.

Lidwina wollte so schnell wie möglich weg. Sie wollte nicht, dass Severin die Tränen ihrer Verzweiflung sah, die sich gerade in ihren Augen sammelten. Es war ihr, als habe man vor, sie morgen selbst hinzurichten!

Lidwina hatte auch in dieser Nacht wieder kein Auge zu gemacht.

Rage saß vor ihr und selbst der Wolf blickte sie traurig an. Das kluge Tier merkte, dass mit seiner Herrin etwas nicht stimmte.

Der Morgen graute, nun war es an der Zeit sich anzuglei-den. Nie hatte sie so lange gebraucht, um die Scharfrichter-kleidung anzulegen. Sie griff gedankenverloren nach der Maske. Sie musste heute ihr Gesicht verhüllen, ansonsten stand sie das nicht durch. Sie befürchtete, dass es ihr anzu-sehen war, was sie für Baran empfand.

Ihr Herz schlug hart gegen die Brust. Langsam machte Lidwina einen Schritt nach vorne. Ihre Knie waren butter-weich und es war sehr schwer für sie, den Weg zur Feste zu gehen.

Ben stand am Wegrand und rief ihr zu: »Ich habe mir schon Sorgen um dich gemacht!«

»Keine Bange, Ben! Ich schaff das schon! Ich sollte nur aufhören zu denken, dass er …!«, sie brach ab.

Benedikt lächelte sie an und versuchte sie ein wenig auf-zumuntern. »Wie ich sehe, hast du Rage mitgenommen. Er soll wohl gleich den neuen Spielkammeraden kennenlernen, wenn du ihn freigebeten hast!?«

Sie seufzte. »Du kennst mich einfach zu gut, Ben! Du

weißt genau, warum ich das tue«, erklärte sie in bitterem Ton. Wieder überwältigte sie ein Schwall Gedanken an das, was sie gleich zu tun hatte.

»Lidwina, es hilft nichts! Du wirst ihn holen und zum Galgenbaum bringen müssen. Erst dann wird sich entscheiden, was geschieht! Ich würde es dir zu gerne abnehmen ihn dort hin zu schaffen, aber du bist die Scharfrichterin und es obliegt nur dir, ihn zum Richtplatz zu bringen.«

Lidwina nickte. »Ben ich weiß, aber es ist so schwer! Komm, bringen wir es hinter uns! Es wird Zeit, ihn zu holen!«

Als sie den Kerkerraum betrat, in dem man Baran festgesetzt hatte, saß dieser auf dem Schemel und starrte vor sich hin.

Er hob langsam den Kopf. Ihre Augen trafen sich, doch sein Blick war beim Anblick der Maske irritiert. »Ich dachte schon, Ihr habt mich vergessen, Scharfrichterin Lidwina!«

Sein schwarzes Haar war mit einem Lederband zu einem Zopf zusammengebunden. Die Verschnürung seines Hemdes war so weit geöffnet, dass man einen Teil seines Brustkorbs sehen konnte. Sein Gesicht war blass. Mit einer unbeschreiblichen Eleganz in der Bewegung, erhob er sich vom Hocker. »Na dann wollen wir mal, mein schöner Todesengel!«, war alles, was er noch äußerte.

Seine Worte jagten ihr einen kalten Schauer über den Rücken. Sie brauchte einen Moment, um sich zu fassen, doch dann wies sie ihn an: »Umdrehen und die Hände auf den Rücken, Gefangener!«

Sie band seine Handgelenke übereinander gekreuzt auf dem Rücken zusammen. Dabei fragte sie ihn zum ixten Mal: »Wirst du reden? Es könnte selbst im letzten Augenblick an der Strafe noch etwas ändern!«, was bei ihm ein demonstratives Schmollen zur Folge hatte.

Baran wurde von Benedikt und Severin aus dem Kerker gebracht und die Treppe hinaufgeführt.

Lidwina schritt hinter ihnen her.

Es war Mittag und die Sonne brannte heiß hernieder, als sie aus der Tür in den Hof hinaustraten.

Baran war zuerst so geblendet, Lichtpunkte schwirrten vor seinen Augen, so dass er nichts sah. Doch dann klärte sich sein Blick und er sah den Holzkarren, vor den zwei Pferde gespannt waren. Diesen musste er besteigen. Der Karren setzte sich in Bewegung und erreichte kurz darauf das Tor der Vorburg, rollte weiter die abschüssige Straße entlang. Dann rumpelte das Gefährt über die Dorfstraße.

Baran sah sich um, denn er hatte nicht erwartet so unbehelligt von Pön zum Richtplatz zu kommen. Das Dorf, bestehend aus Häusern, Scheunen, Viehställen, dazwischen Nutzgärten, eine Schmiede, im Kern ein kleines Gotteshaus und einem Brunnen, der den Dorfplatz zierte, schien von den Menschen verlassen. Nur Tiere waren da, denn einige Hühner liefen auf der Straße herum und in zwei Pferchen wühlten Schweine in der staubigen Erde.

Kurz darauf bog das Gefährt auf einen schmalen Pfad ab.

Dem Ende so nah

Wie der Graf seine Bestrafung geplant hatte, war ihm durchaus bewusst. Eine öffentliche Hinrichtung, aber eine unehrenhafte am Galgenbaum abseits liegend vom Dorf. Zur Abschreckung für andere Diebe, würde sein Körper dort nach seinem Ableben den Naturgewallten überlassen, den Krähen und Raben als Nahrung dienen, bis von ihm nichts mehr übrig war als ein bleiches Skelett.

Die Schlinge war um den untersten Ast des alten toten Baums geknotet. Ein Zeichen, welches er kaum missdeuten konnte.

In seinen Augen sah man keinen Schimmer Hoffnung mehr, als der Wachmann und der wie er dachte Henkersknecht ihn von dem alten Holzkarren zogen, auf den man ihn gestellt hatte, um ihn von der Feste hierher zu schaffen.

Die äußere Gelassenheit Barans erstaunte den alten Grafen. *Wusste er etwas von seiner Absprache mit Lidwina oder hatte der junge Kerl sich einfach mit seinem Schicksal abgefunden?*

Jetzt ließ Baran seinen Blick über die etwas entfernt stehenden Dörfler wandern. Kein Wunder hatte das Dorf verlassen gewirkt, alles, was laufen konnte, musste gekommen sein, um ihn, den Dieb, hängen zu sehen. Doch sie hielten Abstand. Wohl aus dem Grund ihrer abergläubigen Vorstellung, denn einem Hinzurichtenden zu nahe zu kommen, konnte Schaden bringen, so glaubte man. Zum anderen war es wohl auch Respekt vor dem graubraunen Wolf, der um den Baum herumlief. Dass es sich bei dem Tier nicht um einen Hund handeln konnte hatte er an dem etwas längeren Rumpf und des höheren, aber schmaleren Brustkorb erkannt. Das wohl domestizierte Raubtier machte den Umstehenden mit seinem Knurren klar, das wenn sie näherkommen würden, dass er zuschnappen würde.

Dicht gedrängt standen die Dorfbewohner somit im gebührenden Abstand da und verfolgten mit gespannten Zügen die Handgriffe der beiden Männer, die den Gefangenen vom Karren aus zum Galgenbaum führten.

Baran sah einigen der Menschen in die Gesichter. Sie waren grimmig und erwartungsvoll. Wenn er darauf gezählt hatte, bei dem einen oder anderen nur eine kleine Spur von Mitleid zu entdecken, dann wurde seine Hoffnung gänzlich enttäuscht.

Seine Gedanken glitten noch einmal zurück in den Kerker. Lidwina hatte ihre Scharfrichtermaske aufgehabt, als sie kam, um ihn zu holen. Sie hatte ihm so verwehrt, noch einmal ihr schönes Gesicht sehen zu können. Das war es, was er jetzt am meisten bedauerte. Sie war erschienen, nachdem er seine Henkersmahlzeit eingenommen hatte. Er hätte sich an diesem Mahl und dessen Wohlgeschmack auch wirklich erfreuen können, wäre es nicht sein Letztes gewesen. Die Hände hatte Lidwina ihm im Kerker selbst noch hinter dem Rücken zusammengebunden.

Lidwina kam heran und legte ihm die Schlinge fast sachte um den Hals.

Sie fühlte ihren Herzschlag für einen Moment aussetzen, als sie den dicken Knoten des Stricks in seinem Nacken festzog.

Er hatte sich nicht gewehrt, keinen Ärger gemacht und er wehrte sich auch jetzt nicht als man ihn zwang auf eine Art Hocker zu steigen.

Die Grausamkeit des ihm bevorstehenden Strafvollzugs, wurde durch die Hoffnung auf die handwerkliche Durchführung und Lidwinas Können ein wenig gemildert. Er wusste, sie hatte von ihrem Vater eine solide Ausbildung erhalten und durfte sich Meister nennen, denn sie hatte laut dem Grafen einen Meisterbrief in diesem – wenn auch skurrilen – Handwerk. Der Graf schien darüber hinaus auch große Stücke auf sie und ihre Arbeit zu halten.

In Barans Kehle bildete sich ein Kloß und Panik befiel ihn

langsam, als er die Enge des Stricks um seinen Hals allzu deutlich spürte. Seine Augen glitten unablässig über die Menge. Zwei alte Weiber bekreuzigten sich hastig zum Schutz gegen den bösen Blick, wie sie glaubten, den er ihnen zuwarf und begannen das Vaterunser zu murmeln. Barans Beine zitterten auf einmal und fast hätte er den Hocker umgestoßen. Doch sie hatte ihn gehalten und hielt ihn noch immer.

»Scharfrichterin, waltet Eures Amtes!«, rief der Graf mit kräftiger Stimme.

Lidwina trat ein paar Schritte zurück. Sie trug noch einmal die Anklage vor und verkündete den Richtspruch.

Baran bekam nur einen Teil der Worte mit: *Der Dieb Baran wird laut des Richterspruchs unseres Hohen Herrn am Halse aufgeknüpft und sühne seine Missetat am Galgenbaum, bis sein Körper von selbst von diesen abzufallen gedenkt! Danach sollen die Knochen am Fuße des Baums begraben werden, um dort ein unerlöstes Leiden und örtlich gebundenes Dasein zu führen. Der barmherzige Gott sei seiner sündigen Seele gnädig und sie verzeihe mir für die Richtung von meiner Hand.*

Der Priester des Dorfs, ein Mann mit Habichtszügen und brauner Kutte, forschenden strengen Augen und schmalen Lippen, trat an seine Seite, nachdem Benedikt den Wolf zu sich genommen hatte.

Der Gottesmann las leise aus der Bibel einen Psalm. Als dieser Psalm beendet war, begann er das Sünderglöckchen zu läuten und Baran hörte Lidwinas leise Stimme fragen: »Möchtest du noch letzte Worte sagen Verurteilter Baran, bevor du in die Hölle fährst?«

Stimmen wurden laut und riefen ungeduldig: »Macht nicht so viel Federlesen um den Kerl! Hängt ihn endlich auf!«

Baran merkte, wie sich die Schlinge noch fester um seinen Hals zusammenzog und das Seil sich über seinem Kopf spannte.

Lidwina sah, wie sich Schweißperlen auf der Stirn von Baran bildeten.

»So sterben?«, fragte er sich selbst leise. *»Wofür?«* Doch er glaubte zu wissen wofür. Für Menschen, die ihm etwas bedeuteten, denn er hatte einen Fehler begangen, nicht sie.

»Schweigt still!«, rief der Graf mit donnernder Stimme, dem Volk zu. Dann wandte er sich Baran zu. »Nur um unser eigenes Seelenheil nicht zu belasten, gibt es jemanden der von Eurem Tode wissen sollte?«

Baran biss sich kurz auf die Lippen. *Was sollte er antworten?* Eine Lüge widerstrebte ihm der Ehrerbietung gegenüber seinen vor Jahren verstorbenen Eltern von ganzem Herzen. »Es gibt keinen dem Ihr dies hier noch in Rechnung stellen könntet«, sagte er daher.

»Wenn Ihr uns sonst noch etwas zu sagen habt, Baran, dann sagt es jetzt, bevor der Strick Euch die Kehle zuschnürt!«

Baran holte tief Luft. »Ich hatte nicht vor Euch zu töten, Herr Graf, das schöre ich bei meinem Schöpfer!« Er atmete schwer. »Ich bin zwar ein Dieb, das gestehe ich Euch hier und vor Gott ein, aber kein Mörder und wollte auch an Euch keiner werden!«

Die Augen des Grafen funkelten und Baran war sich sicher, dass das nichts Gutes für ihn zu bedeuten hatte.

»Soso, du willst dich also jetzt noch vor dem erhängt werden drücken, mein Junge und den Tod ein wenig hinausziehen? Gut, du bist also kein Meuchelmörder, der mir mein Leben nehmen wollte! Aber ein Dieb!« Mühsam beherrscht, um nicht doch grinsen zu müssen, meinte der Graf: »Diebe werden in meiner Grafschaft ebenfalls gehängt! Also beichte deine Sünden jetzt, damit du ruhiger in den Tod gehen kannst.«

Leise seufzte Lidwina und starrte in den Himmel hinauf. Sie schüttelte langsam den Kopf.

In diesem Moment konnte man in Barans Augen lesen, was er dachte. Er sah sich wohl schon in der Hölle und im Fegefeuer schmoren!

Weg zur Freiheit

»Baran, verdammt noch mal, rede endlich, bevor du keine Gelegenheit mehr dazu hast. Offenbare was wolltest du stehlen und warum? Gestehe hier und jetzt!«, entfuhr es Lidwina unbedacht.

Der Graf sah daraufhin seine Scharfrichterin etwas angesäuert an.

Baran erkannte in diesem Augenblick das es doch besser war zu reden, so gestand er auf ihre Worte hin endlich ein warum er in die Räume des Grafen eingedrungen war. Er hatte vor einem Jahr den Sohn des Grafen seiner Heimatstadt geschlagen, nachdem dieser die Wirtstochter unsittlich bedrängt hatte. Er war dafür mit Schimpf und Schande aus der Grafschaft seines Lehnsherrn verbannt worden. Danach hatte er fünf kleinere Diebstähle begangen. Dies, um sich von dem Erbeuteten Nahrung zu kaufen. Der Sohn des Grafen seiner Heimatstadt hatte ihn dann bei einem Besuch in einer abgelegenen Schenke der Grafschaft – die einem Freund gehörte, wiedererkannt. Ihn unter Druck gesetzt, indem er ihm gedroht hatte den Freund wegen seiner Bewirtung anzuzeigen und somit der Gerichtsbarkeit auszuliefern. Der Freund hatte Frau und Kinder. Ihm dann aber den Vorschlag unterbreitet, er solle für ihn bei den benachbarten Edelleuten Diebstähle begehen, da der gräfliche Vater seine Apanage gekürzt hatte, so würde er vergessen, dass er ihn in der Schenke gesehen hatte. So war es zum Schluss zu dem sechsten, aber misslungenen Diebesversuch beim Grafen gekommen.

Als er mit seinem Geständnis geendet hatte, hörte man einige Dörfler, die ihre Empörung darüber laut kundtaten. Einige Stimmen riefen: *Hängt den Schuft doch endlich auf!* Andere Dörfler dagegen wurden nachdenklich und ruhig.

Der Graf sah zu den Dörflern hinüber und herrschte sie mit lauter Stimme an. »Ihr Dörfler schweigt still! Ich bin das Opfer, der Ankläger und der Richter in einem! Was habt ihr euch in meine Bestrafung einzumischen und Dinge zu verlangen, die euch somit nichts angehen?«

Schlagartig herrschte Totenstille.

»So und nun zu dir, Dieb! Es wurde auch Zeit, dass du endlich geredet und gestanden hast! Du hättest dir einiges in meinem Kerker ersparen können, mein Junge!« Dann trat er näher und sah forschend zu Baran hinauf. »Welcher Grafschaft wurdest du verwiesen?«

»Der Grafschaft Meislingen.«

»Graf Ekkehards Land also. Und sein Sohn hat dich also angestiftet, ja?«

»Ja Herr!«

Der Graf drehte sich um und ging mit nachdenklichem Gesicht und hinter dem Rücken verschränkten Händen, ein paar Schritte, bis er stehen blieb.

»Scharfrichterin, kommt einmal zu mir herüber!«

»Ja, sofort, mein Graf!« Sie wandte sich an Benedikt. »Ben, halt ihn, nicht dass er sich noch selbst erhängt!«

Der Graf flüsterte geheimnisvoll mit seiner Henkerin.

Baran verstand jetzt nichts mehr und starrte nur noch in ihre und des Grafen Richtung.

Der Graf erhob ein wenig die Stirn. »Das ist jetzt nicht wirklich Euer Ernst!«, meinte er grollend und sah zu Baran hin. »Freikauf!«, grübelte er auf einmal laut. »Eure Vergütung für das Henken dieses Diebes, die 5 Schillinge, die würden Euch dieses Mal aber entgehen und für die Arbeit an ihm im Kerker bekommt ihr dann auch keinen Lohn. Lidwina, bedenkt das! Das einzige, das Euch zustehen würde, wäre seine Habe, seine Kleidung und er selbst! Ist es Euch das wert?«, fragte der alte Graf ernst.

Nur sie sah das schelmische und gutmütige Grinsen in seinen Augen.

»Mein Dienstherr, Ihr habt recht!« seufzte Lidwina gespielt schwer. »Der Verlust der Bezahlung ist hoch und wahrhaft zu überdenken. Doch könnte ich auf der anderen Seite einen festen Gehilfen gebrauchen, zumal Benedikt nicht als *unehrlich* gilt und er so nicht auf Dauer mir zu Diensten sein kann und muss!«

»Diese Begründung Eurerseits ist die Überlegung über eine Wandlung der Strafe schon wert!«, sagte der Graf.

Mit lauter und fester Stimme sprach nun Lidwina zum Grafen: »Ich, die Scharfrichterin der Grafschaft Lumbach, bitte den Diebesgesellen Baran von Euch, Graf Raimond, frei.«

Der Graf trat wieder etwas näher an Baran heran.

Rage lag brav zu Benedikts Füßen und sah den alten Mann aufmerksam an.

Ein Raunen ging durch die Reihen der Bauern, als der Graf zuerst den Wolf am Kopf kraulte und dann sagte: »Gut, ich stimme zu! Dazu eine Ehrenstrafe, ein öffentlicher Tanz mit meiner Scharfrichterin. Danach wird er zu ihrem Knuspert[1] und verliert somit alle Bürgerrechte, oder er wähle den Tod.« Er sah Baran an. »Nun, wähle, Dieb Baran! Du kannst dich jetzt und hier am Strick entscheiden, zwischen diesen beiden Strafmaßen. Doch bedenke es wohl. Der Tanz zwischen Tod und Leben macht dich lebenslang zum Handlanger meiner Scharfrichterin und verdammt dich zu einem unehrlichen und aller Bürgerechte beraubten Dasein!«

Lidwina hatte bereits ihre Maske abgenommen.

Baran sah ihr tief in die eisblauen Augen. Er sah den kleinen Hoffnungsschimmer, der sich darin spiegelte und ein sanftes, liebevolles Lächeln, das sich auf ihrem schönen Gesicht zeigte.

»Herr Graf, ich wähle die Schmach mit allen Konsequenzen und den öffentlichen Tanz mit der Scharfrichterin!«

»Dem Herrn sei Dank!« flüsterte Lidwina. Versuchte aber sich, trotzt ihrer Erleichterung, ihre freudige Erregung nicht anmerken zu lassen.

»So soll es sein!« sagte der Graf mit volltönender Stimme. »Seht ihr Leut, die Scharfrichterin will nicht den Tod des Sünders, sie will, dass er sich bessere, denn er wurde durch die Erpressung eines anderen dazu verleitet eine Straftat zu begehen. Es wage sich keiner von euch ihre Klugheit zu bezweifeln.«

Die Leibeigen begriffen, ihr Herr war mild und versuchte sogar da gerecht zu sein, wo er selbst Schaden erlitten hatte.

Der Graf wandte sich sogleich an Benedikt. »Benedikt, nehmt dem Mann den Strick vom Hals! Holt ihn da herunter! Dann mein Junge nehmt Eure Flöte hervor und spielt auf! Meine Scharfrichterin beliebt zu tanzen!«

Benedikt sah seinen Herrn mit großen und freudigen Augen an. Handelte rasch, um Baran den Strick vom Halse zu nehmen.

Als Lidwina Baran die Hand entgegenstreckte, griff er etwas zögerlich nach dieser. Er war noch ziemlich wackelig auf den Beinen, doch er schenkte ihr ein betörendes, verliebtes Lächeln und flüsterte leise: »Danke, mein nach Veilchen duftender *unehrlicher* Engel!«

»Was meinst du damit?«

»Ich bin mir gerade mehr als sicher, du hast die Freibitte mit dem Grafen zuvor schon ausgehandelt.«

»Ich könnte es mir auch noch überlegen. Ich rate dir ordentlich zu tanz…«

»Dann lass uns tanzen!«, viel er ihr unbeeindruckt ins Wort.

Der Graf verscheuchte kurz darauf mit einer Handbewegung die Dörfler vom Platz, steckte dem Flöte spielenden Benedikt eine Münze in den Hosensäckel und sagte leise. »Gut gemacht, Junge!«

Er sah noch einem Moment dem Tanz zu. Ja, es war unehrenhaft mit dem Scharfrichter tanzen zu müssen. Und doch, sie waren ein so schönes Paar! Beim Gehen drehte er sich noch einmal kurz zu ihnen um. »Lidwina, macht mit dem Kerl, was Euch beliebt! Doch wenn ich Euch brauche, dann lass ich nach Euch und Euren Knuspert rufen!«

Als Baran und Lidwina den Straftanz beendet hatten, stand nur noch ein grinsender Benedikt da und an seiner Seite ein recht grimmig dreinschauender Wolf.

»Faszinierende Freunde hast du da!«, meinte Baran.

Benedikt reichte ihm die Hand, während er meinte: »Wenn du gut zu ihr bist, dann bin ich gerne auch der deine.«

Rage zog die Maulwinkel nach vorn, krauste den Nasenrücken, zog die Lefzen hoch und entblößte die Schneide- und Fangzähne.

Baran wusste, im gegen Satz zu Benedikt würde er sich Rages Vertrauen noch verdienen müssen!

---

[1] *Knuspert – siehe Glossar*

Auch der edelste Stand hat seine Laster

Am übernächsten Tag wurde Lidwina vom Grafen alleine zu sich ins Arbeitszimmer bestellt.

»Herr Graf, Ihr wolltet mich sprechen!«

»Ja, kommt herein Lidwina.«

Der Graf lächelte, erhob sich von seinem Stuhl und trat einen Schritt hinter seinem Tisch hervor. »Hier, die nötigen Papiere, für die Bestätigung der Freibitte und somit die Begnadigung von Baran.«

»Wir danken Euch, Herr Graf!«

»Gern geschehen! Lidwina, ich wollte Euch auch mitteilen, dass ich einige Tage nicht hier sein werde. Ich sehe mich verpflichtet einem guten Freund gegenüber, eine sehr schmerzliche Pflicht zu erfüllen. Ich gehe nach Meislingen. Graf Ekkehard soll wissen, was sein Herr Sohn an traurigen Taten ausgefressen hat.«

»Ihr wollt es dem Grafen sagen!«

»So ist es.«

»Mein Herr, Baran hat vehement geschwiegen, um vor allem seinen Freund und dessen Familie zu schützen.«

»Was ich trotzt seiner Verfehlungen, auch als einen ehrenhaften Zug seines Charakters halte. Aber Ihr kennt auch das Gerede der Menschen, Mädchen. Er hat vor den Dörflern gestanden und so könnte es meinem Freund zugetragen werden. Es ist besser, er erfährt es von mir, von Herr zu Herr. Ich werde schon dafür sorgen, dass dem Freund von deinem Baran und seiner Familie nichts geschieht.«

Meislingen zwei Tage später …

»Ich möchte mit meinen Worten deiner persönlichen Ehrenhaftigkeit nicht zu nahetreten, mein Freund, aber es hat sich etwas zugetragen, dass ich mit dir klären möchte«, Graf Raimond stockte.

»Sprich freiheraus, was dir auf dem Herzen liegt Raimond.«

»Es geht dabei auch um deinen Herrn Sohn«, äußerte Graf Raimond sich bei seinem Freund Graf Ekkehard von Meislingen, und dann erzählte er diesem, die Geschichte, die sich in seiner Grafschaft zugetragen hatte.

»Ich entschuldige mich, dir Ungemach zu bereiten und hoffe… «, begann Raimond entschuldigend.

Graf Ekkehard hob beschwichtigend die Hand. »Du musst dich für nichts entschuldigen, edler Freund. Ich erkenne sehr wohl deinen brüderlichen Vorsatz meine Ehre und mein Ansehen zu schützen.«

Graf Ekkehard sah kurz darauf nachdenkend vor sich hin. »Warum bin ich nur so blind gewesen und trug die Überzeugung im Herzen, dass mein Sohn mich niemals belügen würde? Mein Herr Sohn begreift nicht einmal, was ihm durch seine hohe Geburt für ein Glück in den Schoß geworfen wurde. Prügeln möchte' man solch einen Kerl. Ich habe es in seiner Jugend, der fehlenden Mutter wegen versäumt.«

Der Graf berief kurze Zeit später den Sohn zu sich, um ihn mit seinen Taten zu konfrontieren. Er stellte ihn in Gegenwart von Graf Raimond zur Rede: »Welchen Grund hattest du mich so schamlos in der Sache mit der Wirtstochter anzulügen, die wie ich nun weiß, du unsittlich bedrängt hast. Darüber hinaus möchte ich wissen, welche Rücksichtlosigkeit dich bewog, einen jungen Mann dafür von mir bestrafen zu lassen, der deine Untat zu verhindern gewusst hat?«

Egilberts Gesicht blieb vollkommen ruhig bei dem Vorwurf.

Das Gesicht des Grafen begann sich zu verfinstern, denn er ahnte was kommen würde. »Erkläre dich mir!«, fuhr er auf.

»Dieser Baran ist ein einfacher Bauernlümmel und hat mich – einen Mann von Stand, geschlagen. So etwas muss

bestraft werden! Man muss diesem aufrührerischen Bauern-
gesindel doch auch zeigen, wer ihr Herr ist.«

»Ach, und daher stiftest du einen solchen angeblichen
Aufrührer, der dazu von mir meines Landes verwiesen wur-
de, zum Diebstahl bei den Nachbarn an«, sagte der hohe
Herr und etwas überaus Bedrohliches schwebte bei diesen
Worten in dessen Stimme mit.

»Ich verstehe die Anspielung von Euch nicht, mein Herr
Vater!« meinte er mit unsicherer Stimme.

»Willst du auch noch leugnen? Der junge Kerl hat selbst
unter der Folter geschwiegen und erst gestanden, als es mit
dem Strick um den Hals, um sein nacktes Leben ging.«

Er erkannte den Ernst aus den verbitterten Zügen seines
Vaters. »Wer nicht fehlt, dem kann nicht vergeben werden!
Verzeiht mir die kleine Unannehmlichkeit, Herr Vater!«

»Hölle und Teufel, diesmal verzeihe ich nicht, denn jenes
Verhalten von dir, es hat nicht bloß sein Leben zerstört, es
hätte ihm in seiner Ausweglosigkeit deiner Erpressung auch
fast das seine gekostet. Der junge Mann hat seine Strafe für
seinen Fehl erhalten und muss nun durch seine Torheit mit
der Schande der Ehrlosigkeit leben und du mein Sohn, du
wirst ab heute mit der Schande der Enterbung leben müssen.«

»Mein Herr Vater, habe ich mich nun als Euer Gefangener zu betrachten, weil dieser verlogene Bauernverräter gegen mich zettelt, anstatt mir seine Dankbarkeit dafür zu
erweisen, dass ich ihn und seinen ketzerischen Wirtsfreund
– der ihm Unterschlupf gewährte, nicht an dich ausgeliefert
habe.«

Der Tonfall des Grafen wurde noch eine Spur schärfer:
»Das wird ganz von dir und der Einsicht deiner Schuld ab-
hängen. Sei versichert, dass ich dich einkerkern lassen werde, aber auch, dass ich bereit bin die größte Rücksicht gegen
dich obwalten zu lassen, solltest du bereit sein in den Or-
densstand einzutreten. Tu es und trete die Ehre unserer
Familie nicht vollständig in den Staub! Also«, mühsam be-

herrscht musterte Graf Ekkehard seinen Sohn.

So sehr es dem jungen Mann von Adel auch widerstrebte, so sah er sich der Umstände wegen, dazu bereit in einen Orden einzutreten.

Epilog

Zweieinhalb Jahre waren nach dem Tanz unter dem alten Galgenbaum vergangen. Die Zeiten in der Grafschaft waren ruhig.

Eine blonde, blauäugige Frau und ein schwarzhaariger, braunäugiger Mann stehen in einem gepflegten Gemüse- und Kräutergarten, sich liebevoll anblickend, vor ihrem kleinen Haus am Waldrand.

Der Mann haucht der Frau einen sinnlichen Kuss auf die Lippen. »Ich liebe dich so sehr, Lidwina!«, sagt er leise, als er den Kuss beendet hat.

»Ich liebe dich auch, Baran!«

Auf der kleinen hölzernen Veranda vor dem Haus, da steht eine Wiege, aus der fröhliches Gebrabbel zu hören ist. Vor der Wiege liegt ein Wolf, der sorgsam über ein kleines Menschenkind wacht. Es ist ein kleiner Junge, einen Lenz alt, mit noch kurzem blondem Haar und braunen Augen.

Sein zukünftiger Beruf?

Scharfrichter wird er einst sein! Ausgebildet von Mutter und Vater. Erbscharfrichter der Grafschaft Lumbach. Sein Dienstherr: Graf Ronaldo, der jüngste Sohn der Schwester und somit der Neffe des alten Grafen Raimond.

Ende

Glossar

– *Scharfrichter und deren soziale Stellung* –

Scharfrichter bzw. synonym Henker (weitere gebräuchliche Begriffe: Nachrichter und Carnifex) wurden als unehrlich angesehen; nicht, weil man sie für Betrüger gehalten hätte, nein; sondern um ihre Tätigkeit von den ehrbaren Berufen abzugrenzen. Diese Abwertung als »unehrlich» traf somit auch die ganzen Familienmitglieder.

In Deutschland wurden 1276 mit der ersten Niederschrift des Augsburger Stadtrechts die ersten besoldeten Scharfrichter angestellt und deren Rechte und Pflichten schriftlich festgehalten. Scharfrichter mussten auch durch besondere Kleidung, sich als solche kenntlich machen. Nach einer Verordnung der Stadt Frankfurt am Main aus dem Jahre 1543 mussten auf dessen Mantel auffällige rote, weiße und grüne Streifen aufgenäht sein. Andernorts musste dieser sich z.B. durch einen roten, spitzen Hut kenntlich machen. Nachdem die strengen Kleiderregeln im 19. Jahrhundert weggefallen waren, trugen viele Henker dann Frack und Zylinder.

– zu Kap. Lehre des blutigen Handwerks –

* Gleitsmann – Der Henkersknecht wurde in der Amtssprache stets als *Gleitsmann* bezeichnet. Die Aufgaben des Gleitsmann bestanden darin, dem Meister (Henker / Scharfrichter) bei der Arbeit an die Hand gehen. Dazu gehörten Aufgaben wie Gefangene zur führen oder bändigen. Der Gleitsmann erhielt einen Lohn, natürlich weniger als sein Meister, und dazu ebenfalls Kostfreiheit.

– *Scharfrichterinnen bzw. Henkerinnen* –

Es gibt einige geschichtliche Anhaltspunkte, dass Scharfrichter nicht immer männlichen Geschlechts waren, sondern dass auch Frauen vom späten Mittelalter an bis ins 19. Jahrhundert vereinzelt als Scharfrichterinnen oder Henkerinnen agierten. (Als Beispiel: Appollonia Volmarin, verheiratete Hiert, Scharfrichterin etwa um das Jahr 1590.) In Deutschland soll Mitte des 17. Jahrhunderts die Frau eines Henkers ihren Mann bei der Hinrichtung zweier Diebe am Galgen kurzfristig vertreten haben.

– *Aberglaube zum Blut eines Hingerichteten* –

1812, soll bei einer Hinrichtung von vier Odenwaldräubern in Mannheim, der Henkersknecht mehrmals einen Becher mit Blut gefüllt haben und diesen, den dort versammelten Epileptiker gereicht haben.

Quellennachweis: www.geni.com

– zu Kap. *Weg zur Freiheit* –

* Knuspert ist die altdeutsche Bezeichnung für den Scharfrichterknecht und Gehilfen. Dieser stand noch eine Stufe tiefer im Ansehen als der Scharfrichter selbst.

Über Gabi Haug / H.G. Lumiell

Gabi Haug, Jahrgang 1961, lebt mit ihrem Mann in Frankfurt am Main.

Besuchen Sie Gabi Haug / H.G. Lumiell im Internet!
Entdecken Sie alle Bücher der Autorin, Autorenfanseiten, Hobbys und vieles mehr:

http://www.nefhithiels-fantasiewelt.de/

Oder in den sozialen Netzwerken:

https://www.facebook.com/Gabis.Romane/